鲁尔福三部曲 ｜ 佩德罗·巴拉莫

佩德罗·巴拉莫

［墨西哥］胡安·鲁尔福 著

屠孟超 译

JUAN
RULFO
Pedro Páramo

译林出版社

图书在版编目（CIP）数据

佩德罗·巴拉莫／（墨西哥）胡安·鲁尔福著；屠
孟超译. —南京：译林出版社，2021.1（2021.4重印）
（鲁尔福三部曲）
ISBN 978-7-5447-8426-9

I.①佩… II.①胡… ②屠… III.①长篇小说－墨
西哥－现代 IV.①I731.45

中国版本图书馆 CIP 数据核字（2020）第 191456 号

佩德罗·巴拉莫　[墨西哥]胡安·鲁尔福／著　屠孟超／译

责任编辑	金　薇	
特约编辑	毛源源	
装帧设计	韦　枫	
校　　对	蒋　燕　王　敏	
责任印制	董　虎	

原文出版	Editorial RM, 2005
出版发行	译林出版社
地　　址	南京市湖南路 1 号 A 楼
邮　　箱	yilin@yilin.com
网　　址	www.yilin.com
市场热线	025-86633278
排　　版	南京展望文化发展有限公司
印　　刷	南京新世纪联盟印务有限公司
开　　本	850 毫米 ×1168 毫米 1/32
印　　张	6.5
插　　页	4
版　　次	2021 年 1 月第 1 版
印　　次	2021 年 4 月第 2 次印刷
书　　号	ISBN 978-7-5447-8426-9
定　　价	48.00 元

目 录

对胡安·鲁尔福的简短追忆

加西亚·马尔克斯

发现胡安·鲁尔福，就像发现弗兰兹·卡夫卡一样，无疑是我记忆中的重要一章。我是在欧内斯特·海明威饮弹自杀的同一天到达墨西哥的——1961 年 7 月 2 日，我不但没有读过胡安·鲁尔福的书，甚至没听说过他。这很奇怪。首先，在那个时候我对文坛动向十分了解，特别是对美洲小说。其次，我在墨西哥最先接触到的人，是和马努埃尔·巴尔巴查诺·彭斯一起在他位于科尔多瓦街上的德库拉城堡工作的作家，以及由费尔南多·贝尼特斯主持的《新闻》文学增刊的编辑。他们当然都很熟悉胡安·鲁尔福。然而，至少六个月过去了，却没有任何人跟我说起过他。这也许是因为胡安·鲁尔福与那些经典名家不同,他的作品流传很广,本人却很少被人谈论。

我当时与梅塞德斯以及还不到两岁的罗德里戈住在安祖雷斯殖民区雷南街一套没有电梯的公寓里。我们大卧室的地上有一个双人床垫,在另一个房间里有个摇篮,客厅的桌子既是饭桌也是书桌,仅有的两把椅子用途更广。我们已经决定要留在这座城市,这城市虽大,却还保有人情味,空气也清新纯净,街道上还有缤纷夺目的花儿。但是,移民当局似乎没有分享我们的喜悦。有一半时间,我们都是在政府办事处的院子里排队,有时候还得冒着雨,而队伍却总不往前走。闲暇时,我便写些关于哥伦比亚文学的笔记,在当时由马克斯·奥伯主持的大学电台播出。那些笔记太过直率,引得哥伦比亚大使打电话给电台提出了正式抗议。他认为,我的言论不是关于哥伦比亚文学的笔记,而是抨击哥伦比亚文学的笔记。马克斯·奥伯把我叫到他的办公室,我以为,我在六个月里找到的唯一的糊口法子就这么完了。但是,事情正相反。

"我一直没时间听那个节目,"马克斯·奥伯对我说,"但如果它是像你们的大使所说的那样,那应该是很好的。"

我当时三十二岁，在哥伦比亚当过很短时间的记者，刚刚在巴黎度过了很有用但也很艰苦的三年，又在纽约待了八个月，我想在墨西哥写电影剧本。那一时期墨西哥作家圈子与哥伦比亚的很像，我在这个圈子里十分自在。六年前，我出版了我的第一部小说《枯枝败叶》，还有三本尚未出版的书：大概在那时候于哥伦比亚面世的《没有人给他写信的上校》，不久以后由文森特·罗霍请求时代出版社出版的《恶时辰》，以及故事集《格兰德大妈的葬礼》。最后这一本当时只有不完整的草稿，因为在我来墨西哥之前，阿尔瓦罗·穆蒂斯就已经将原稿借给我们尊敬的埃莱娜·波尼亚托夫斯卡，而她把稿子弄丢了。之后，我重组了所有的故事，由阿尔瓦罗·穆蒂斯请塞尔吉奥·加林多在维拉克鲁兹大学出版社出版。

　　因此，我是一个已写了五本不甚出名的书的作家。但是，我的问题不在于此，因为，无论在当时还是之前，我写作从不为成名，而是为了让我的朋友更加爱我，这一点我认为我已经做到了。我作为作家最大的问题是，在写过那些书以后，我觉得自己进了一条死胡同，我到处寻找一个可以从中逃脱的缝隙。我很熟悉那些本可能给我指明道路的或好或坏的作家，但我却觉得自己是在绕着同一点打转。我不认为我已才尽。相反，我觉得我还有很多书未写，但是我找不到一种既有说服力又有诗意的写作方式。就在这时，阿尔瓦罗·穆蒂斯带着一包书大步登上七楼到我家，从一堆书中抽出最小最薄的一本，大笑着对我说：

"读读这玩意，妈的，学学吧！"

这就是《佩德罗·巴拉莫》。

那天晚上，我将书读了两遍才睡下。自从大约十年前的那个奇妙夜晚，我在波哥大一间阴森的学生公寓里读了卡夫卡的《变形记》后，我再没有这么激动过。第二天，我读了《燃烧的原野》，它同样令我震撼。很久以后，在一家诊所的候诊室，我在一份医学杂志上看到了另一篇结构纷乱的杰作：《玛蒂尔德·阿尔坎赫尔的遗产》。那一年余下的时间，我再也没法读其他作家的作品，因为我觉得他们都不够分量。

当有人告诉卡洛斯·维罗，说我可以整段地背诵《佩德罗·巴拉莫》时，我还没完全从眩晕中恢复过来。其实，不只如此——我能够背诵全书，且能倒背，不出大错——并且我还能说出每个故事在我读的那本书的哪一页上，没有一个人物的任何特点我不熟悉。

卡洛斯·维罗委托我将胡安·鲁尔福的另一个故事改编成电影，这是我那时候唯一没读过的故事：《金鸡》。文章是密密麻麻的十六页纸，薄纸，已快破成碎片了，由三台不同的打字机打成。即使没人告诉我这是谁写的，我也能立刻感觉出来。这个故事的语言没有胡安·鲁尔福其他的作品那么细腻，也没有多少他独有的技巧手法，但是，他的个人魅力却流露于字里行间。后来，卡洛斯·维罗和卡洛斯·富恩特斯邀请我为根据《佩德罗·巴拉莫》改编的第一部电影进行一次检查与修改。

　　这两件工作的最终结果远远谈不上好，我提到它们是因为它们促使我更深刻地去了解一部我确信已比作者本人更熟悉的作品。说起作者本人，我是直到几年以后才认识他的。卡洛斯·维罗做了件令人惊异的事情：他将《佩德罗·巴拉莫》根据时间片段剪开来，再严格按照先后顺序重组成戏剧。作为纯粹的工作方式，我认为这很合理，可结果却成了一本不同的书：平板而凌乱。但是，这对让我更好地理解胡安·鲁尔福的匠心独具很有帮助，也更体现了他非凡的智慧。

　　在《佩德罗·巴拉莫》的改编中有两个根本问题。第一个问题是名字。无论看起来有多么主观，任何名字都与用这名字的人有某种相似，这一点在文学中比在现实生活中要明显得多。胡安·鲁尔福说过，或者有人让他这么说过，他是一边读着哈利斯科公墓里的碑文一边构思他小说中人物的名字的。有一点可以肯定，那就是，没有比他书中的人名更恰当的专有名词了。当时我认为——现在仍然这么认为——要找到一个与所饰演的人物名字毫无疑问地相契合的演员是不可能的。

　　另外一个问题——它与前一个问题不可分割——是年龄。在他所有的作品中，胡安·鲁尔福都很小心地不去留意人物的年龄。纳西索·科斯塔·罗斯不久前做过一次非凡的尝试，想确定《佩德罗·巴拉莫》中人物的年龄。纯粹出于诗意的直觉，我一直认为，当佩德罗·巴拉莫终于将苏萨娜·圣胡安带回他半月庄的广袤领土时，她已是一个六十二岁的女人了。佩德罗·巴拉莫应该比她大五岁左右。其实，如果剧情沿着一段得不到慰藉的黄昏恋的悬崖急转直下，我会觉得这戏剧更加伟大，更加可怕但美丽。科斯塔·罗斯为两人所设定的年龄与我所设想的不一样，但是相差不是很远。可是，这样的诗意和伟大在电影里是无法想象的。在黑暗的电影院里，老年人的恋情感动不了任何人。

这些珍贵的研究有个坏处，那就是，诗歌中的情理并不总是基于理性。某些事情发生的月份对分析胡安·鲁尔福的作品十分重要，但我怀疑他本人是否对这一点有所察觉。在诗歌中——《佩德罗·巴拉莫》是一部不折不扣的诗歌——诗人运用月份来达意，却不顾时间上的精确性。不仅如此：许多时候，连月份、日期甚至年份都被改变了，仅仅是为了避免一个不好听的韵脚或者同音重复，而没有想到那些变化可以促使评论家做出某种断然的结论。这种情况不仅发生在月份与日期上，花也是一样。有些作家常用花朵，纯粹只是因为它们的名字响亮，而没有注意到它们是否与地点和季节相符合。因此，在好书中看到开在海滩上的天竺葵和雪里的郁金香，都已不稀奇。在《佩德罗·巴拉莫》中，要绝对地确定哪里是生者与亡人之间的界限已属不可能，其他方面的精确更是空谈。实际上，没有人能够知道死亡的年岁有多长。

我说这些，是因为对于胡安·鲁尔福作品的深入了解，使我终于找到了为继续写我的书而需要寻找的道路，因此，我写他，就必然会显得一切都像是在写我自己。现在，我还想说，为了写下这些简短的怀念之词，我又重读了整本书，我再次单纯地感受到了第一次读时的震撼。他的作品不过三百页，但是它几乎和我们所知道的索福克勒斯的作品一样浩瀚，我相信也会一样经久不衰。

莫娅妮　译

佩德罗·巴拉莫

我来科马拉是因为有人对我说，我父亲住在这儿，他好像名叫佩德罗·巴拉莫。这是家母告诉我的。我向她保证，一旦她仙逝，我立即来看望他。我紧紧地握着她老人家的双手，表示我一定要实现自己的诺言。此时她已气息奄奄，我打算满足她的全部要求。"你一定要去看看他呀，"她叮嘱我说，"他时而叫这个名字，时而又那么称呼。我认为见到你他一定会高兴的。"我当时只能一个劲儿地对她说，我一定照她说的去办。我一而再，再而三地说着这同样的一句话，一直说到她的双手僵直，这才费劲地抽回我的两只手。

早先她也对我说过：

"你千万别去求他办什么事。不过，我们的东西，也就是说他该给我们的，你该向他要。他该给我的东西就从来没给过我……孩子，他早把我们给忘了。为此，你可得让他付出代价。"

"我一定照办，妈妈。"

然而，我一直没有打算兑现我的诺言。近日，不知怎的，我的幻想多起来了，头脑中老是爱想入非非，于是，在对一位名叫佩德罗·巴拉莫的先生，即我母亲的丈夫的期待中，我逐渐构想出了一个世界。正因为这样，我才上科马拉来。

那里正值酷暑，八月的风越刮越热，吹来阵阵毒气，夹带着石碱花的腐臭味。

道路崎岖不平，一会儿是上坡，一会儿是下坡。"道路随人来人往或起或伏，去者登坡，来者下坡。"

"您说山坡下面的那个村庄叫什么来着？"

"科马拉，先生。"

"您能肯定这是科马拉吗？"

"能，先生。"

"这儿的环境看起来为什么这样凄凉？"

"是因为年头久了，先生。"

往昔我是根据母亲对往事的回忆来想象这里的景况的。她在时异常思念故乡，终日长吁短叹。她总是忘不了科马拉，老是想回来看看，但终于未能成行。现在我替她了却心愿，来到这里。母亲的眼睛曾注视着这儿的景物，我将这双眼睛带来了，因为她给了我这双眼睛，让我看到："一过洛斯科里莫脱斯隘口，眼前便呈现一派美景，碧绿的平原点缀着熟玉米的金黄色。从那儿就可以看见科马拉，它使大地泛出一片银白，在夜晚又将其照亮。"她当时说话的声音异常轻微，几乎都听不见，仿佛在自言自语……我的母亲啊。

"如果方便问的话，请问您去科马拉干什么？"我听到有人在问我。

"去看我父亲。"我回答说。

"啊！"他说。

于是，我们又沉默了。

我们朝山坡下走去。我耳中响起驴子小跑时在山谷中传来的回声。八月的盛暑使人昏昏欲睡，我困倦得连眼皮都抬不起来了。

"您上那里去，全村可要热闹热闹了，"我又听到走在我身边的那个人的声音，"这么多年没有人到这个村子里来，见到有人来，人们一定会高兴的。"

接着，他又说：

"不管您是谁，大伙儿见到您一定会兴高采烈的。"

在阳光的照射下，平原犹如一个雾气腾腾的透明湖泊。透过雾气，隐约可见灰色的地平线。远处群山连绵，最远处便是遥远的天际了。

"如果方便问的话，请问令尊的模样是怎样的？"

"连我自己也不认识他，"我对他说，"我只知道他叫佩德罗·巴拉莫。"

"啊，原来是他！"

"是的，我听说是这么称呼他的。"

我听见那赶驴人又"啊"了一声。

我是在洛斯恩谷恩德罗斯遇到他的，那是几条道路交会的地方。我在那里等了他一会儿，直到这人最后总算出现了。

“您上哪儿去？”我问他。

“我下坡去，先生。”

“有个叫科马拉的地方，您知道吗？”

“我就是到那里去的。”

我就跟着他走了。起先我走在他的后面，总想跟上他的步伐。后来，他似乎觉察到我跟在他的后面，便有意放慢了脚步。接着，我俩离得是那么近，以至于肩膀都快靠在一起了。

“我也是佩德罗·巴拉莫的儿子。”他对我说。

一群乌鸦“哑——哑——哑——”地惊叫着掠过晴空。

翻过几座小山，地势越来越低。在山上走时还有阵阵热风，一到山下闷热得连一丝风也没有了。这里的万物仿佛都在期待着什么。

“这里真热呀。”我说。

“对，不过，这点热算不了什么，”他回答我说，“请别烦躁。到了科马拉您会觉得更热的。那个地方好像搁在炭火上一样热，也仿佛就是地狱的门口。不瞒您说，即使这么热，那里的人死后来到地狱，还得回家拿条毯子呢。”

“您认识佩德罗·巴拉莫吗？”我问道。

我之所以敢向他提这个问题，是因为从他的双眼中看到了一丝信任的目光。

"他是什么样的一个人？"我又追问了一句。

"是仇恨的化身！"他回答我说。

说完，他朝驴子挥了一鞭。这样做其实毫无必要，因为它们趁着下坡，早已远远地走在我们前面了。

我此时感到放在我衬衣口袋中母亲的那张相片在我心口阵阵发热，她好像也在出汗。这是一张旧相片，四边已遭虫蛀，但这是我看到过的她仅有的一张相片。我是在厨房橱子里的一只砂锅中发现它的，砂锅里还有许多药草，有香水薄荷叶子，还有卡斯蒂利亚花和芸香树枝。之后我就将它珍藏在身边。这是她唯一的一张相片。母亲生前一贯反对拍照。她常说，照相是一种巫术。说起来照相倒真有点像巫术。就拿她这张相片说吧，上面尽是针眼般的小洞，在她心口处还有一个特别大的洞，这洞大得可以伸进一个中指。

我这次带来的便是这张相片。我想，有了这张相片，对父亲承认我会有好处。

"您瞧，"赶驴人停下脚步对我说，"您见到了那个形状像猪尿脬的山丘了吗？半月庄就在这小山的后面。现在我转到这个方向来了。您看到前面那座小山的山峰了吗？请您好好看一看。现在我又转到另一个方向上来了。您看见远处那隐隐约约的另一座山顶了吗？半月庄就在这座山上，占了整整的一座山。常言道，目之所及皆为此地。眼睛望得见的这整块土地都是佩德罗·巴拉莫的。虽说我俩都是他的儿子，但是我们的母亲都很穷，都是在一片破席子上生的我俩；可笑的是佩德罗·巴拉莫还亲自带我们去行了洗礼。您的情况大概也是这样吧？"

"我记不清了。"

"妈的，见鬼了。"

"您说什么？"

"我说我们快到了，先生。"

"对，我已经看到了。这儿发生什么事了？"

"这是一只'赶路忙'，先生。这是人们给这种鸟起的名字。"

"不，我问的是这个村庄，为什么这样冷冷清清，空无一人，仿佛被人们遗弃了一般。看来这个村子里连一个人也没有。"

"不是看来，这村庄确实无人居住。"

"那么，佩德罗·巴拉莫也不住在这里吗？"

"佩德罗·巴拉莫已死了好多年了。"

　　那正是孩子们在村庄的道路上戏耍玩乐的时候。傍晚，四处传来他们的嬉闹声，污黑的墙上还映射着淡黄色的夕阳余晖。

　　此情此景我至少在萨尤拉见到过，甚至就在昨天这个时候。我还见到过鸽子在展翅飞翔。它们扇动着双翅，划破静寂的长空，仿佛试图摆脱白昼。它们时而升空，时而落到屋顶上；孩子们的欢笑声在空中盘旋，在黄昏的天空中好像被染成了蓝色。

　　眼下我却来到了这里。来到这个没有任何喧闹声的村庄。我清清楚楚地听到了双脚踩踏圆石铺砌而成的道路的脚步声。映照着夕阳的墙上产生了回声，我的脚步在其中不断重复发出嗡嗡的声音。

　　此时我在村里的那条大道上走着，目光扫视着那一处处空无一人的住宅，那里杂草丛生，房门破败不堪。刚才那个不知姓名的人对我说这种草叫什么来着？"这种草叫'格壁塔娜'，先生。这种草一俟人去房空，便迅速蔓延到房子里。您瞧，这里不都长满这种野草了吗？"

走过路口，我看到一个戴面纱的女人在眼前一闪而过，迅即消失，犹如根本没有出现过一般。我继续移步向前，双眼通过门上的一个小孔往里张望，直到那个戴面纱的女人又从我的面前走过。

"晚安。"她说。

我目不转睛地盯着她，大声地对她说：

"请问，爱杜薇海斯太太住在哪儿？"

她用手一指，说：

"在那边，就住在桥边的那所房子里。"

我发觉她的声音中有人的气息，她口中牙齿齐全，说话时舌头在活动，两只眼睛则和生活在地球上的人们的眼睛一样。

天已经黑了。

她再一次向我道了声晚安。此时虽说没有孩子在嬉闹，也没有鸽子，更没有那蓝色的屋顶，我却感到这个村庄有了点生气。如果说我听到的只是一片寂静，那是因为我还不习惯于寂静；也许是我头脑中还充满着喧闹和各种嘈杂声。

是的，我的耳际确实还在鸣响着各种喧闹声。在这风平浪静的地方，这种声音听得更清楚了。这种沉重的声音此时仍停留在我的心间。我回忆起母亲对我说过的话："到了那里，我的话你将会听得更清楚，我将离你更近。如果死亡有时也会发出声音的话，那么，你将会发现，我的回忆发出的声音比我死亡发出的声音更为亲近。"我的母亲……在她还活着的时候。

我当时本该对她说："你把地址给搞错了，你给我的地址不对。你叫我来到一个张口就得问一问'这是什么地方，那是什么地方'的地方，叫我来到一个荒无人烟的村庄，寻找一个早已不在世的人。"

我凭着河里的流水声来到桥边的那所房子，我试图敲敲门，但敲了个空，我的手只是在空中挥动了一下，好像风已经将门吹开了。一个女人站在门口，她对我说：

"请进来吧。"

我走了进去。

我在科马拉住了下来。那赶驴人还要往前走。临别时，他对我说：

"我还得朝前走，到前面连接两座小山的那个地方去。我家就在那里。您如果想跟我去看看，非常欢迎。但眼下您想留在这儿也可以，您可以在村庄里走一走，看一看，也许还能见到个把活着的乡亲呢。"

我留在村子里了，我正是怀着这个目的来这里的嘛。

"请问我在哪儿能找到住宿的地方？"我几乎是喊着问他。

"您去找爱杜薇海斯太太吧，如果她还活着的话。请您告诉她，是我让您去的。"

"您贵姓？"

"我叫阿文迪奥。"他回答我说。但他后面说的姓氏我没有听清。

"我就是爱杜薇海斯·地亚达，请进来吧。"

她仿佛早就在等待着我的到来。据她说，她一切都准备就绪了。她让我随着她走过一排黑洞洞的，从外表看像是无人居住的房间。实际情况并非如此，因为一俟我的眼睛习惯于黑暗后，借助我们身后的那一缕微弱的灯光，我看见两边的黑影高大起来，这让我觉得我俩是在一堆物件中挤出了一条窄道，在其中穿行而过。

"这是些什么东西呀？"我问她。

"是一些破烂的家具，"她回答我说，"我家里堆满了这些破烂货。凡是离开村庄外出的人都选我家作为堆放家什的地方，他们走后谁也没有回来要过。不过，我给您保留的那个房间在后边。我准备着有人来住，总是将它收拾得窗明几净的。这么说，您就是她的儿子了？"

"谁的儿子？"我反问了一句。

"多洛里塔斯呗。"

"对呀，可您怎么会知道的呢？"

"是她告诉我的，说您要来。今天您果真来了，她说您今天要来的。"

"她是谁？是我母亲？"

"对，是她。"

我惶惑了，她没有让我进行深思，便又对我说：

"这就是您的房间。"

除了我们进来的那扇门外，这个房间就没有别的门了。她点燃了蜡烛，我一看，房间里一无所有。

"这房间里连张睡觉的床也没有。"我对她说。

“这您就不用操心了。您一定走得很累了。人一累，困倦就是最好的床铺，什么地方一倒下就睡，明天我一定给您弄张床来。您知道，想要三下五除二把这些事全都安排妥当可不容易呀。要做好这些准备工作，得早点通知我，可您母亲只是刚才才告诉我您来的消息。”

“我母亲，”我说，“她老人家已经过世了。”

“是吗，怪不得她的声音听起来那么微弱呢，那声音好像得传输一段很长的路程才能到达这里。我现在明白个中缘由了。她死了有多久了？”

“有七天了。”

“她真可怜哪。她生前一定认为自己被人抛弃了。我们曾经相约要一块儿死的，这样可以共赴黄泉，在路上万一互有需要，万一遇到了什么困难，能够互相鼓励。我们相处得很好，她从来没有跟您说起过我吗？”

“没有，从来没有。”

“这就奇怪了。当然，当年我俩还都是孩子，她才结过婚，可我们非常要好。您妈妈长得俊极了，还那么——这么说吧——那么温柔，真叫人喜爱。谁都喜欢她。这么说，她倒是比我先走一步了？不过，您可以相信，我会赶上她的。只有我明白，天堂离我们有多远，但我懂得怎样抄近路。问题就全在于死。一个人想什么时候死掉，就能什么时候死掉，而不必等待上帝的安排。再说，你若愿意的话，还可以逼祂提前送你上路。请原谅我以'你'相称，我是将你看成自己的孩子才这么称呼你的。是这样的，我曾多次说过：'多洛雷斯[1]的孩子本来应该是我的。'为什么这样说，我以后告诉你。现在我要告诉你的唯一的一件事是，我将在某一条走向永恒的大道上赶上你母亲。"

我当时以为这女人一定是疯了，后来我脑子便不转了。我觉得自己身处一个遥远的世界，只好听从命运的摆布了。我的身躯好像松散了的架子，失去了约束，向下弯曲，像是一块破布一样任人摆弄。

"我累了。"我对她说。

"先去吃点儿东西吧，没有什么好吃的，随便吃点儿吧。"

"我去，一会儿就去。"

从屋檐滴下的水在庭院里的沙土上滴出了一个洞。水

1　即前面提到过的多洛里塔斯。——译注，后同

珠滴在一片在砖缝间旋转跳跃的月桂树叶上，发出滴滴答答的声音，响了一阵又一阵。暴雨已经下过。眼下时而拂过一阵微风，吹动了石榴树枝，从树枝上滚下一阵密集的雨珠。晶莹的水珠洒在地上，立即失去了光泽。几只母鸡缩在一起，仿佛已进入梦乡，却又忽然间扇动着双翅，奔向庭院，急急忙忙地啄食着被雨水从泥土中冲刷出来的蚯蚓。乌云消散后，阳光把石头照得亮晶晶的，将万物染成彩虹色；阳光吸干了土地中的水分，与清晨的空气一同嬉戏。在阳光照耀下，被风把玩的树叶闪闪发亮。

"你在厕所里待这么长时间，在干什么，孩子？"

"没有干什么，妈妈。"

"你在里面再待下去，毒蛇就要出来咬你了。"

"你说得对，妈妈。"

我是在想念你，苏萨娜，也想念那一座座绿色的山岭。在刮风的季节里，我俩总在一起放风筝。听到山下的村庄人声嘈杂，这当儿我们是在山上，在山岭上。此时风把风筝往前吹，麻绳都快脱手了。"帮我一下，苏萨娜。"于是，她那两只柔软的手握住了我的双手。"把绳子再松一松。"

风引得我们发笑，我们双目对视。这时麻绳顺着大风从我们的手指间不断地往前延伸，最后，只听轻轻的咔嚓一声它便断了，好像是被某只鸟的翅膀碰断了似的。那只风筝拖着一条长长的尾巴，即那条麻绳，从空中落下，消失在翠绿的大地上。

你的嘴唇十分湿润，好像被朝露亲吻过一般。

"我已跟你说过，快从厕所里出来，孩子。"

"好的，妈妈，我这就出来。"

我老是想起你，想起你用那双海水一样蓝的眼睛注视着我的情景。

他抬起头，看了看站立在门口的妈妈。

"你为什么过了这么长时间才出来，在厕所里干什么呢？"

"我在思考。"

"你不会换个地方思考吗？在厕所里待久了是有害的，孩子。再说，你也得干点儿活嘛，干吗不跟你奶奶一起剥玉米去？"

"我这就去，妈妈，我马上去。"

"奶奶，我来帮你剥玉米。"

"玉米已经剥好了，我们来做巧克力吧。你刚才躲到哪儿去了？下大雨时，我们到处找你。"

"我在那边的院子里。"

"在干什么？在祈祷吗？"

"没有，奶奶，我只是在看下雨。"

奶奶用那双半灰半黄的眼睛瞅了他一眼，这双眼睛似乎能看穿人的内心。

"那你快去把石磨给打扫一下吧。"

你躲藏在几百米的高空里，躲藏在云端，躲藏在比一切都要更远更远的地方，苏萨娜。你躲在上帝那无边无际的怀抱里，躲藏在神灵的身后。你在那里，我既追不上你，也看不到你，连我的话语也传不到你的耳际。

"奶奶，石磨不能用了，磨心坏了。"

"准是那个米卡爱拉在石磨上磨过硬东西了。她这个坏习惯总是改不掉。唉，真是没办法。"

"我们干吗不另买一盘呢？这盘石磨已经旧得不能用了。"

"你说得也对。虽说除去你祖父的丧葬费，又给教堂交了什一税后，我们已身无分文了，但我们还是勒紧一下裤带，另买一盘吧。你最好去找一下伊内斯·比亚尔潘多太太，求她赊给我们一盘石磨，到十月底再付款，等庄稼收上来我们就给钱。"

"好的，奶奶。"

"你就一次把该办的事全办了吧。你再顺便告诉她，请她借给我们一只筛子、一把弯刀。野草都长这么高了，快碰到我们屁股了，得修一修了。要是我还拥有原先那座大房子，配上那几个大牲口栏，这会儿我就没有什么可以抱怨的了。可你爷爷非要搬到这里来，犯了大错。唉，万事由天定，不随人愿。你对伊内斯太太说，欠她的钱等庄稼收上来后一次如数还清。"

"好的，奶奶。"

这已经是有蜂鸟的季节了。它们在茉莉花丛中飞过，使得花瓣纷纷掉落，翅膀的扇动发出了嗡嗡的声音。

他转了个身，在墙边搁圣像的支架上找到了二十四分钱，他留四个硬币在原处，拿起了那枚二十分钱的硬币。

他刚要举步出门，他母亲便叫住了他：

"你上哪儿去？"

"去伊内斯·比亚尔潘多太太家赊一盘新石磨来。家里的这盘磨不好使了。"

"你叫她再给你一米黑绸子，就跟这块一样。"她给他看了看样品，"让她记在我们的账上。"

"行，妈妈。"

"回来时给我买点阿司匹林来。走廊的花盆里有钱。"

他找到了一个比索，便将二十分钱留下，只拿了这个比索。

这下要是我碰到了什么，我就有钱买了。他想。

"佩德罗，"有人喊他，"佩德罗！"

他没有听见，因为他已经走远了。

晚上又下起雨来。他听了好长时间雨水在地上翻腾的声音。而后他一定是睡着了，因为当他醒来的时候，只听到轻微的毛毛雨的声音了。窗玻璃上白蒙蒙一片，玻璃窗外的雨滴像泪珠一样成串地往下滴。"我凝视着被雷电照亮了的雨丝，每次呼吸都是一次叹息。我一想就想起了你，苏萨娜。"

细雨变成了微风。他听到："罪孽得到了宽恕，肉体正在复苏，阿门。"这是从里面传来的声音。里面几个妇女数着最后几颗念珠，快做完祷告了。她们站起身来，把鸟儿关进笼里，顶上门，熄灭了灯。

留下的只有夜色和像蟋蟀细语的雨声。

"你为什么不去念《玫瑰经》？今天是你爷爷的'头九'[1]呢。"

妈妈手中拿着一支蜡烛，站在门槛边。她那长长的影子在天花板上晃动，屋梁把这曲折的影子分成好几段。

"我心里很难受。"她说。

于是，她背过身去，吹熄了蜡烛，关上房门，抽抽搭搭地哭泣起来。那绵延不断的抽泣声和雨声混成一片。

教堂的时钟响了起来，一声接着一声，一声又接着一声，时间仿佛在收缩。

"真的，那时我差一点成了你的母亲。她从来没有跟你谈起过这方面的事情吗？"

"没有。她只给我讲一些顺心的事情。关于您的情况还是那个赶驴人告诉我的呢，是他让我到这里来的，他叫

1　或称"九日祷"，为人死后九日内的悼念活动。

阿文迪奥。"

"是阿文迪奥这个老好人吗？这么说，他倒还记得我喽。他往常每次给我家送来一个过往客人，我都要给他一笔小费的。那时节我俩日子过得还是相当舒心的，眼下可倒霉透了。时代变了。自从这个村庄变穷后，谁也不愿同我们交往了。这么说，是他介绍你来找我的了？"

"是这样的。"

"我真得谢谢他了。他是个好人，非常懂道理。他一直负责给我们送邮件，耳朵聋了后，还继续给我们送呢。我至今还记得他突然失聪的那个倒霉日子。我们大家都很难受，因为我们都很喜欢他。他替我们送信、寄信，还给我们讲世界那一边发生的种种事情。当然，他也一定会给那边的人讲我们这边的情况如何如何。早先他很健谈。后来不行了，不说话了。他说谈自己没有听到过的事情没有什么意思，自己耳朵听不到，说起来也就索然无味了。这一切都发生在他的耳边爆炸了一枚我们用来驱赶水蛇的爆竹之后不久。从那时起，他就成了个哑巴，尽管他并不哑。不过，有一点仍没有变，那就是他仍然是个好人。"

"可我跟您讲的这个人耳朵好得很呢。"

"那可能就不是他了。再说，我说的这个阿文迪奥已经去世了。我估计他已经不在世了，你知道吗？因此，你说的这个人不可能是他了。"

"我同意您的看法。"

"这件事就这样了。我们再回过头来谈谈有关你母亲的事情。刚才我已说到……"

我一边听她说话，一边打量起我面前的这个女人来。我想她一定度过了许多艰难的岁月。她面色苍白透明，没有血色，双手枯干，布满皱纹。她的眼睛我看不见。她穿一件式样古旧的白色亚麻布外衣，脖子上挂着一个用线穿起来的圣母玛利亚的圣像，上面写着"罪人避难处"。

"……我刚才打算跟你讲的这个人是半月庄的'驯兽人'。他说自己名叫依诺森西奥·奥索里奥，可我们都叫他的绰号——'猴子'，因为他能蹦善跳，身体既轻巧又灵活。但是，我亲爱的佩德罗说，他甚至连驯小马驹的天赋都没有。不过，他倒确实还有一个职业——'致梦人'，他老是引人做梦，这倒是真实无误的。就像他跟许多别的女人一样，他和你母亲也有过瓜葛。他跟我也纠缠过。我一旦身体不舒服，他就来对我说：'我来给你按摩按摩，好让你轻松点。'所谓按摩，实际上是肆无忌惮地对你乱摸一通，先是摸你的手指尖，然后摸你的双手、双臂，最后，把他那冷冰冰的双手伸进你的大腿。让他这么摸一会儿倒也觉得暖和了。他一面这么按摩着，一面跟你谈着未来。他面部表情很难看，眼珠子不停地转动着，嘴里一会儿祈祷，一会儿诅咒，像吉卜赛人一样，唾沫星子喷你一脸。有时他脱得一丝不挂，因为他说这是我们希望的。这种治疗方法有时碰巧也有点效果，因为他四处使这番伎俩，总有瞎猫碰上死耗子的时候。

"跟你母亲的情况是这样的：你妈妈去找他看病时，这个奥索里奥对她做了诊断，说：'今天晚上你不能睡在任何男人身边，因为月亮在暴怒。'[1]

"多洛雷斯便心急如焚地赶来对我说，她不能结婚了，她只是说不能同佩德罗·巴拉莫同房了，而那天晚上正好是她的新婚之夜。她既然来找我，我便试图劝她不要相信奥索里奥的话，毕竟此人是个谎话连篇的骗子。

"'我不能结婚，'她对我说，'你替我去吧，他不会发觉的。'

"比起她来，我当然要年轻得多，皮肤也没有她那么黑，不过，这些情况在黑夜里是发现不了的。

1　指后文所述，多洛雷斯来了月经。

"'这可不行，多洛雷斯，你得亲自去。'

"'帮这一回忙吧，我会用别的东西报答你的。'

"那时候你母亲还是个长着两只谦和的眼睛的女孩子。如果说她身上有什么好看的地方，那就是这双眼睛，它们会让人心服口服。

"'你替我去吧。'她一个劲儿地说。

"我便去了。

"我利用了黑暗的夜色，也利用了另一个她当时不了解的情况：我也同样爱着佩德罗·巴拉莫。

"我跟他同了床，我是高高兴兴、心甘情愿地这样做的。我拼命地往他身边挤，可是白天的欢闹弄得他已精疲力竭，这一夜他就打着呼噜过去了，只是把他的大腿搁在我的两条大腿之间，别的事什么也没干。

"天没有亮我就起来找多洛雷斯。我对她说：

"'现在你可以去了，今天又是一天了。'

"'他跟你干了些什么？'她问我。

"'到现在我也说不清。'我回答说。

"第二年你就出生了，但不是我生的，虽说按当时的情况也只差一点儿。

"大概你母亲怕难为情，没有把这件事告诉你。"

"……碧绿的平原。看着地平线随风吹麦浪起起落落，午后在泛起涟漪的雨中卷曲，泥土的颜色，紫花苜蓿和面包的香味。那散发着流淌的蜂蜜芳香的村庄……"

"她一直很仇恨佩德罗·巴拉莫。'多洛里塔斯！你让人给我准备早点了吗？'于是，你母亲天不亮就起床了，接着就生炉子。猫儿们闻到烟火味也醒来了。她总是不停地忙这忙那，后面跟着一群猫儿。'多洛里塔斯太太！'

"这样的呼叫声你母亲不知听到过多少次！'多洛里塔斯太太，这个凉了，那个不能用了'，这样的话听到了多少次？虽说她早已习惯过这种糟糕的日子，但是，她那双温顺谦和的眼睛却变得冷酷起来。"

"……在那温暖的天气里，只闻到橘树的花香。"

"于是，她开始唉声叹气。

"'您为什么叹气，多洛里塔斯？'

"那天下午我伴着他们。我们在田野里，看见成群的乌鸦从眼前飞过，一只孤独的秃鹰在空中翱翔。

"'您为什么叹气，多洛里塔斯？'

"'我真想变成一只秃鹰，飞到我姐姐那里。'

"'这有什么难的，多洛里塔斯太太，现在你马上就可以去看你姐姐。我们这就回家，叫人给你准备好行装。这

没有什么说的。'

"你母亲就这样走了：'再见了，堂佩德罗！'

"'再见，多洛里塔斯！'

"她永远地离开了半月庄。几个月后，我曾向佩德罗·巴拉莫问起过她的情况。

"'她爱她姐姐胜过爱我。她在那里一定心情舒畅。再说，她惹我生了气，我就不想去过问她的事情了。你想了解的就是这一点吧。'

"'那她们姐妹俩靠什么维持生计呢？'

"'愿上帝帮助她们吧。'"

"……他早把我们给忘了，我的孩子，你可得让他付出代价。"

"就这样一直到现在。在她通知我说你要来看我之前，我再也不了解她的其他情况了。"

"这都是过去的事情了，"我对她说，"在科里马我们就依靠赫特鲁迪斯姨母过日子。她一个劲儿地责怪我们，说我们增加了她的负担。'你为什么不回去跟你男人过？'她常常这样责问我母亲。

"'他派人来叫过我吗？他不来叫，我就不回去。当初我来这里是因为我想见到你，因为我爱你，正因为这样我

才来的。'

"'这点我明白，可现在是你回去的时候了。'

"'这件事情要是由我来做决定就好了。'"

我以为那女人一定在听我说话，但我却发觉她正侧着脑袋，好像在倾听某种遥远的声音。接着，她问我：

"你什么时候休息？"

你走的那天我就明白，我再也见不到你了。你走时，黄昏的阳光和天空中血红色的晚霞将你全身染得通红。你微笑着，将这座村庄抛在身后。你曾经多次跟我谈起过这个村庄："我爱这个村庄，那是因为村庄里有你在；除此之外，我恨村庄里的一切，甚至恨自己出生在这个村庄里。"我当时就想：她不会再回来了，她永远也不会回来了。

"这个时候你还在这儿干什么？干吗不去干活？"

"不，奶奶。罗赫略要我替他看孩子，我抱着孩子来回走走。又要带孩子，又要管拍电报的事，一心不能两用，真不容易。他倒够舒坦的，在台球房里喝啤酒。再说，他一个子儿也不给我。"

"你不是来挣钱的，是来学手艺的。等你学会了点什么，你的身价就高了。眼下你只不过是个学徒嘛，也许过些时候你就能捞个头头当当。为此，你得有耐心，首先要做到百依百顺。他们让你抱着孩子溜达溜达，看在上帝的分上你就这么做吧。你一定要做到逆来顺受。"

　　"让别人去逆来顺受吧，奶奶，我可不是这样的人。"

　　"你，真是怪脾气！我觉得你要倒霉了。佩德罗·巴拉莫。"

　　"发生什么事了，爱杜薇海斯太太？"

　　她摇了摇头，仿佛才从梦中醒来。

　　"米盖尔·巴拉莫的那匹马在半月庄的路上奔驰。"

　　"如此说来，半月庄还有人居住喽？"

　　"不，那里没有人居住。"

　　"那么，这又是怎么一回事？"

　　"是那匹马独自在来往奔驰。马与主人形影不离。这畜生在到处奔跑，寻找主人。它总是在这个时候回来。也许这匹可怜的马也感到十分内疚，怎么连畜生也知道自己犯了罪呢？"

"我听不懂您的话，我连马的奔驰声也没有听到。"

"你没有听到？"

"没有。"

"这么说来，又是我第六感的问题了。这是上帝给予的恩赐，也可能是个诅咒。只有我自己才清楚由此而遭的罪。"

她沉默了一会儿，又接着说：

"事情全是从米盖尔·巴拉莫开始的。只有我知道他死的那天晚上发生的事情。那天夜里我已经躺下了，只听到他的马奔回半月庄。我觉得很奇怪，因为他以往从来没有在这个时候回来过。往常他总是在大清早才回来。他经常到离这里比较远的一个叫康脱拉的村子里跟他的女朋友谈情说爱，早出晚归，但是，那天晚上他没有回来……你现在听到了吗？这次一定听到了，这是那匹马回来了。"

"我什么也没有听到。"

"这又是我的问题了。我们还是接着谈吧。刚才我跟你说他没有回来，这只是说说而已。他的马才跑过去，我就听到有人在敲我的窗子。你看，这是不是我的幻觉。当时确实有那么一种东西迫使我去看看此人是谁。真的是他，是米盖尔·巴拉莫。看到他来，我并不觉得奇怪，因为有一段时间他一直在我家过夜，与我同床共枕，这样一直持续到他遇到了那个使他神魂颠倒的姑娘时为止。

"'发生什么事了？'我问米盖尔·巴拉莫，'你是不是吃了闭门羹了？'

"'不，她继续爱着我，'他对我说，'问题是我这次没有找到她，那个村庄在我面前消失了。当时天下着浓雾，也可能是烟气什么的，或是我不知道的什么东西。不过，我确确实实地知道，康脱拉村已不复存在了。当时我估摸着村庄可能在前面，又走了一阵，仍然一无所见。这样，我只好来你这里把这情况告诉你，因为你是了解我的。我若是把这情况讲给科马拉其他的人听，他们一定会说我是个疯子，平时他们就是这样说我的。'

"'不，米盖尔，你没有发疯。你一定是已经死了。你还记得吧，有人对你说过，这匹马总有一天会要了你的命的。你回想一下吧，米盖尔·巴拉莫。也许你当时是发了一阵疯，不过，这是另一回事了。'

"'我只是跳过了最近我父亲叫人砌起来的那堵石墙。当时要走上大道必须绕过石墙。为了不绕这么个大圈子，我让科罗拉多[1]越墙而过。我记得很清楚，我跃了过去，之后继续向前飞奔。但是，正如我刚才跟你说的那样，我只看见无穷无尽的烟雾。'

"'明天你父亲会悲痛欲绝的，'我对他说，'我真替他难过。现在你走吧，安息吧，米盖尔。我感谢你来向我辞行。'

"于是，我关好了窗。

"天亮前，半月庄有个小伙子跑来对我说：

"'堂佩德罗老爷有件事情请求您帮忙。米盖尔少爷死了。他请求您去与他做伴。'

"'这件事我已经知道了，'我对他说，'是他们叫你哭的吗？'

"'是的，堂富尔戈尔叫我哭着告诉您。'

"'那行，请转告堂佩德罗，我一定去。米盖尔的遗体送回家已有好久了吗？'

"'还不到半个小时。要是早一点送回家，兴许还能救得过来，尽管大夫摸了摸尸体，说早就凉了。科罗拉多单独跑回家，非常烦躁不安，弄得谁也不能安睡。这样，我

---

1 米盖尔的马的名字。

们才知道出了事。您一定知道，米盖尔和马要好得很，甚至我都以为这畜生比堂佩德罗心里还难受。它不吃不睡，只是一个劲儿地东奔西跑。您知道吗？它仿佛也懂得人意，心里好像也感到撕裂一般的难过。'

"'一会儿你走时别忘了关门。'

"半月庄的那个小伙子走了。"

"你听过死人的呻吟吗？"她问我。

"没有，爱杜薇海斯太太。"

"这倒更好。"

取水器里的水一滴一滴地往下滴。能听到那澄澈的水从沙石中渗出后滴到瓦罐里的声音。能听到，听到擦地而行的脚步声，听到有人在行走，在来来往往。水仍然在一滴滴地往下滴。瓦罐装满了，水溢了出来，在潮湿的地面上流淌着。

"醒一醒！"有人在叫他。

他认得这个人的声音，竭力想猜出此人是谁，但他此时全身软绵绵的，被梦的重量所打倒，又迷迷糊糊地睡着了。那人的双手拽着被子，想将其从他身上扯下来，而他的身子还躲藏在被窝的余热之下，以寻求安宁。

"快起来！"那人又叫他。

这人的声音在摇晃他的双肩，使他挺直了身躯。他微微地睁开眼睛。能听到水从取水器中滴到扁平瓦罐里的声音，听到有人在地上拖着走的脚步声……还有人的哭泣声。

于是，他听到了哭泣声。原来是这种哭泣声把他吵醒的。这是一种轻柔的、尖细的哭声，也许是由于它很尖细，才能穿透梦境之丛，抵达惊惶所在之地。

他慢腾腾地从床上起来，看到一个女人的面孔。她斜靠在黑夜中显得黑洞洞的门框上，在低声啜泣。

"你为什么哭呀，妈妈？"他问道，因为他双脚一落地，便认出了他母亲的脸。

"你爸爸去世了。"她对他说。

接着，她的悲痛好像一下子喷涌而出，她一次又一次地扭动着身躯，扭动了一次又一次，直到几只手按住了她的肩膀，才使她扭动着的身躯平静下来。

门外天已渐渐发亮，星星已经隐去。天空呈铅灰色，阳光尚未露面。那阴暗的光线似乎并不意味着白昼已经来临，倒像是刚刚拉开了夜幕。

外面庭院里响起了脚步声，像是有人在巡逻。还可以听到已经平息下来的喧闹声。房间里，那个站立在门槛边的女人，她的身躯挡住了白昼的降临，只是从她的双臂下才能看到几小片天空，从她的双脚下透进几缕光线。这几缕光线洒到地上，地面犹如沉浸在泪水中。接着，又传来哭泣声，又是一阵轻柔而尖细的哭声，悲痛使她的身子都扭弯了。

"有人杀害了你爸爸。"

"那你又是谁杀死的呢，妈妈？"

有风，有太阳，还有云彩。上面是蔚蓝色的天空，天空的后面也许还有歌声，兴许是最美的声音……总之，存在着希望。尽管我们很忧伤，但我们有希望。

然而，你却没有希望了，米盖尔·巴拉莫。你已经罪无可恕地死去了，而且，你永远也得不到上帝的任何恩典。

雷德里亚神父回转身来，他已做完了弥撒。他很想尽快地做完弥撒，快点离开教堂。他没有为挤满教堂的人们进行最后的祝福便走出去了。

"神父，我们希望您替我们为死者祝福。"

"不行！"他摇摇头说，"我不会为他祝福的。他生前是个坏人，死后进不了天堂。我要是替他求情，上帝会降罪于我的。"

他说着，一面竭力控制住自己的双手，不让人们看出它们在抖动。神父走了。

这具尸体沉重地压在人们的心上。它安放在教堂中间一块木板上，周围插满了他父亲献的新蜡烛和鲜花。他父亲孤零零地坐在尸体的后面，等待着葬礼的结束。

雷德里亚神父从佩德罗·巴拉莫的身边走过，竭力不去碰擦他的肩膀。他以轻捷的动作举起了圣水，从头到脚地浇洒在尸体上，同时，口中喃喃地念着什么，可能是在祈祷。然后，他双膝跪地，在场的所有的人也跟着他跪下来。

"可怜可怜你的奴仆吧，上帝！"

"愿他安息，阿门。"众人齐声应道。

正当他要再次发火时，却看见众人抬着米盖尔·巴拉莫的尸体，离开了教堂。

佩德罗·巴拉莫向他走过来，在他的身旁跪下，说：

"我知道您恨他，神父，您这样做是合情合理的。人们传说，杀死您弟弟的事是我儿子干的；在您看来，您侄女安娜也是他强奸的。再说，平时他对您也不够尊重，多有冒犯。因此，您恨他，这谁都能理解。不过，现在请您忘掉这一切吧，神父。请您照顾照顾他，饶恕他吧，就像上帝那样，祂也许已宽恕他了。"

他在跪凳上放了一把金币，站起来说：

"请收下吧，就算给教堂的捐助吧。"

教堂内已空无一人。门口有两人在等待着佩德罗·巴拉莫。佩德罗·巴拉莫走到这两人的跟前，三人一起尾随着由半月庄的四个工头抬着的棺材走了。

雷德里亚神父一个一个地捡起金币，走近神龛。

"这都是给你的，"他说，"他是可以用金钱买到拯救的。是不是这个价钱，这你自己知道。至于我嘛，上帝，我拜倒在你的脚下，想向他讨回我该得的或是不该得的，这是我们能要求的全部了……上帝，看在我的分上请你判决他吧。"

说完，他关上了祭坛。

他走进法衣室，偎身在一个墙角里伤心地哭了起来，一直到哭干了眼泪。

"这样也好，上帝，你赢了。"他过了一会儿说。

晚餐时，他跟平时一样喝了巧克力，心里就平静下来了。

"听着，安尼塔[1]，你知道今天埋葬的是谁？"

"不知道，伯父。"

"你还记得米盖尔·巴拉莫吗？"

"记得，伯父。"

"今天埋葬的就是他。"

安娜低下了头。

"你肯定是他干的吗？真的是他吗？"

"这我不敢肯定，伯父。我没有见到他的脸。他是在夜晚的黑暗中抓住我的。"

"那你怎么知道此人就是米盖尔·巴拉莫呢？"

"因为是他自己对我说的：'我是米盖尔·巴拉莫，安娜，别害怕。'这话是他说的。"

"可你已经知道，他是杀死你父亲的凶手，对吗？"

"知道，伯父。"

1　安娜的爱称。

"那你为了撵他走，做了些什么？"

"没有做什么。"

他俩沉默了一会儿。微风在桃金娘树叶间发出飕飕声。

"他对我说，他正是为这件事来的，他是来向我道歉，请我原谅他的。我当时在床上一动未动，对他说：'窗是开着的。'他进来了。他来到床边便搂住我，仿佛这就是他对过去行为表示歉意的方式。我对他报以微笑，心里想起了您曾经对我的教诲：永远不要仇恨任何人。我对他微笑就是向他表示了这个意思。可事后我一想，觉得他看不到我的笑脸，因为夜色很深，漆黑一团，我都没有看清他的脸。我只感到他压在我的身上，跟我干起那坏事来。

"当时我还以为他会杀死我呢，这只是我当时的想法，伯父。我甚至停止了思维，好让自己在他动手之前就死掉。然而，他大概不敢这么干。

"后来我睁开眼睛，看到从开着的窗户射进来的一缕晨曦，这才明白他并没有杀死我。在这以前，我还以为自己已经不在人世了呢。"

"可你说话总得有个根据，比如说话的声音。你听不出他的口音吗？"

"这个人我原本一无所知，我只知道他杀害了我父亲。

我从来没有见过他的面，后来也没有见过他，所以没有这个可能呀，伯父。"

"可你知道他是谁。"

"知道是知道，但这又有什么用？我知道他现在正处在地狱的最底层，因为这正是我以一片虔诚之心向所有的圣徒所祈求的。"

"关于这一点，你不要太自信了，孩子。谁知道这个时候有多少人在为他祈祷！你只是一个人，你要以一个人的祈求与成千上万的人的祈求相对抗，而且，在这中间有的人——比如他父亲——的祈求要比你的虔诚得多。"

他本来还想对她说：再说，我也宽恕他了。但他只是这样想想而已，因为他不想去摧残这个女孩子已经快破碎了的心。相反，他却挽起了姑娘的胳膊，对她说：

"让我们来感谢吾主上帝吧，是上帝将他从这个世界上带走的。他在这个世界上做了多少坏事呀。他反正已不在人世，上帝现在将他安置在天上，这又有什么关系呢？"

一匹马飞驰而来，穿过村中主干道和通往康脱拉的那条道路的交叉口。谁也没有看到它。但是，一个等候在村郊的妇女却说看到了。她说这马奔跑时，弯曲着前腿，看起来犹如伏地而飞。她认出这就是米盖尔·巴拉莫那匹肉桂色的马。她甚至还想：这畜生这么奔跑怕要碰破脑袋了。后来，她又见它挺直身子，速度并未减慢，只是脖子朝后仰，好像它后面有什么东西惊了它一样。

如此种种闲言碎语正好是在安葬米盖尔·巴拉莫那天传到了半月庄，这当儿人们因去公墓送葬，走了很长的一段路，都在休息了。

跟所有的地方一样，人们在就寝以前常喜欢聊一会儿天：

"这死鬼压得我浑身疼痛，"特伦西奥·卢未安纳斯说，"直到现在我的两个肩膀还痛着呢。"

"我的两只脚也肿了，"他弟弟乌未雅多说，"老爷还非要我们穿上皮鞋不可，又不是过节，你说对吧，托里维奥？"

"你们想我说些什么呢，我想他死得倒是时候。"

不久，从康脱拉传来了更多的流言蜚语，那是从最后一趟赶马车的人传来的。

"听说那里正在闹鬼。有人见到他在敲某某姑娘家的窗，模样跟他完全相同，也是穿着皮裤子，其他方面装束也完全一样。"

"您认为像堂佩德罗这样秉性的人还会让他的儿子继续去搞女人？倘若他真的知道了这件事，我想他一定会对儿子说：'行了，你已经死了，还是安安稳稳地待在你的坟墓里吧，这买卖的事情还是交给我们吧。'堂佩德罗要是见到儿子在敲姑娘的窗，我敢打赌他会叫他回到墓地里去的。"

"你说得对，伊萨亚斯。这老头儿也不是好东西。"

马车夫继续赶他的路："我知道这件事，就说给你们听了。"

天上满是流星。它们坠落时，天空中仿佛下了一阵火雨。

"你们瞧，"特伦西奥说，"那边山上可热闹着呢。"

"那是人们在庆祝米盖里托[1]终于死了。"赫苏斯插嘴说。

"这不会是不吉利的征兆吧？"

"对谁不吉利？"

1　米盖尔的爱称。

"也许你姐姐在想念他，盼他回去吧。"

"你在对谁说话？"

"对你。"

"别吵了，小伙子们，还是回家去吧。今天我们已走了不少路，明天我们还得起大早呢。"

于是，人们像影子一般地散开了。

天上满是流星。科马拉的灯光已经熄灭。

天空已被夜幕笼罩。

雷德里亚神父在床上辗转反侧，难以入睡。

这一阵子发生的这些事都是我的过失，他自忖，我怕得罪那些供养我的人，这是真的，是他们在养着我。从那些穷人那儿我一无所获，光靠祈祷、念诵经文又填不饱肚子，情况一直是这样的。结果便弄成了目前的这个样子，这都怨我。我背叛了那些喜爱我、信赖我的人，背叛了那些来找我为他们向上帝请求赐福的人。这些人的一片虔诚又得到了什么呢？是感动了天庭，还是净化了他们自己的灵魂？为什么还要净化自己的灵魂？如果在最后的时刻……我的眼前还闪现着玛丽娅·地亚达的眼神，她是来求我拯救她姐姐爱杜薇海斯的：

"她一贯助人为乐，常倾囊相助，甚至把自己的一个儿子都给了大家。她把儿子领到众人面前，希望有人把他认作自己的儿子，但没有人愿意这样做。于是，她对众人说，既然没有人认他为子，那我也做他的爸爸吧，虽说出于某种偶然性，我成了他的妈妈。她平时殷勤好客，从不得罪人，也不招人厌，这些优良品性反被人们滥用了。"

"但她自尽了，干出了违背上帝意愿的事。"

"她是无路可走了，她下决心走绝路也是出于善心。"

"她在最后一刻钟犯了错误，"这是我对她说的，"在最后一瞬间。为了拯救自己积下了那么多的德，就这样毁于一旦！"

"可她并没有毁掉自己积的德。她死去时非常痛苦，而痛苦则……关于痛苦的含义您跟我们讲的那些话，我已经记不得了。正是由于这种痛苦她去世了。她死时身子不停扭动，因为喉咙中的血憋得喘不过气来。时至今日，她那可怕的模样还历历在目，这是人类最凄惨的一种表情。"

"也许她死时还在一个劲儿地为自己祈祷呢。"

"我们都在不停地祈祷，神父。"

"我只是说也许，也就是说有可能做个格利高里弥撒。然而，要真的做这种弥撒，我们还得找人帮忙，请几个神父来，这得花不少钱。"

玛丽娅·地亚达的那种眼神浮现在我的眼前，这个可怜的女人生了一大帮孩子。

"我没有钱，这您是知道的，神父。"

"算了吧，一切任其自然吧，让我们寄希望于上帝吧。"

"好吧，神父。"

当她只好听天由命之时，为什么反而目光变得更富有勇气？对死者表示宽恕，说上那么一两句表示宽宥的话——甚至说上一百句，如果为拯救灵魂有必要说那么多的话——对他来说，又费什么劲呢？什么天堂啦，地狱啦，其实他又懂得什么？不过，隐没在一个默默无闻的村庄里的他却是知道哪些人可以升天堂的，这方面他有一本账。他开始默念起天主教诸圣徒的名单来，按圣日开始数起来："殉道贞女圣努尼罗娜、主教阿内尔西奥、孀妇圣莎乐美、贞女圣阿罗地亚（或叫圣爱罗地亚）和圣努利娜，还有柯尔杜拉和多那托。"他继续默默地念下去。一上床，睡意就慢慢地上来了："我在重温圣徒的名单时，就好像在看一群山羊跳来跳去。"

他走出户外，仰望天空，陨星雨点般地落向地面。他看到这种情景很难过，因为他本来想看到的是宁静的天空。他听到公鸡在啼鸣，感到夜幕仍然笼罩着大地。大地啊，你这个人间的"愁泉泪谷"[1]。

"这倒更好，孩子，这倒更好。"爱杜薇海斯·地亚达对我说。

夜已经深了，在房间一个角落里点燃着的那盏灯开始暗下去，忽闪了几下后终于熄灭了。

我感觉到那女人正站起身来，心想她大概打算去再点一盏灯来。我听见她的脚步声越走越远，我就等着。

过了一会儿，见她还没有回来，我也站起身来。我在黑暗中摸索着，踏着碎步朝前走去，一直走到了我的卧室。我在地上坐下来，等待着睡意的来临。

我时睡时醒着。

正当我醒来的某一时刻，我听到了一阵呼叫声，这叫

1　宗教用语，谓世人生活之艰辛。

喊声拖得很长，像是醉汉发出的哀号："啊，人生不值得！"

我赶忙翻身坐起，因为这声音近得仿佛就在我的耳际，也许是在街上发出的，可我总觉得就在房间里，就从我房间的墙根发出的。等我全醒过来时，一切又都沉寂下来，只听到飞蛾落地声和寂静中的嗡嗡声。

要计算出刚才那一声呼号所引起的寂静是多么的深邃，那简直是不可能的。仿佛地球上的空气都给抽光了一样，没有一点声音，连喘气和心脏跳动的声音都听不到，似乎连意识本身的声音也不存在了。当我再次睡去，重获安宁时，叫喊声又出现了，而且我在相当长的一段时间里都继续听到这一声音："放开我！哪怕受绞刑的人也有蹬腿的权利吧！"

这时，门一下子敞开了。

"是您吗？爱杜薇海斯太太？"我问道，"这是怎么一回事？您害怕了吗？"

"我不是爱杜薇海斯，我是达米亚娜。我获悉你在这里，所以来看看你。我想请你到我家去睡，我家有你安睡的地方。"

"您是达米亚娜·希斯内罗斯？您是不是在半月庄居住过的那些女人中间的一个？"

"我眼下还住在那里，所以来迟了。"

"我妈妈曾跟我谈起过一个叫达米亚娜的女人，我出生时她曾接过生。这么说，您就是……"

"对，就是我。你一出生我就认识你了。"

"好，我一定随您去，这里的叫喊声使我不得安宁。您没有听到刚才的那一阵阵号叫声吗？好像在杀害什么人一般。您刚才没有听见这种声音？"

"这也许是被困在这房间里的某种回声。早先在这个房间里绞死了托里维奥·阿尔德莱德，然后，封闭了门窗，直到他的尸体僵化。这样一来，他的躯体永远得不到安息。我不知道你是怎么进来的，这房门是没有钥匙可以开的。"

"是爱杜薇海斯太太打开的。她对我说，这是她唯一的一间空房间。"

"是爱杜薇海斯·地亚达吗？"

"是她。"

"可怜的爱杜薇海斯，她的亡魂大概还在受苦受难呢。"

"本人名叫富尔戈尔·塞达诺，男，现年五十四岁，未婚，职业是管家，我具备起诉的资格。出于我被赋予的权利和我本人的权益，我提出以下申诉，并要求……"

这是他起草的控告托里维奥·阿尔德莱德的起诉书的开头部分。末了他写道："愿我已申明该权益申诉书。"

"没人能动您一根毫毛，堂富尔戈尔。我知道您很有能耐，这倒不是因为您有后台，而是您本人能力强。"

官司就这样私下了结了。据说为了庆贺私下达成的协议，两人喝得酩酊大醉。之后，阿尔德莱德对他说的第一句话是：

"有了这样一张协议书，我俩都能摆脱干系了，堂富尔戈尔，因为这张协议书除此之外便是废纸一张，这点您是明白的。总之，有了这玩意儿，您也完成了对您的嘱托，我也摆脱了困境。因为您原本一直担心我，不过换上谁都得这样。现在我知道您的想法，回想起来也觉得很好笑。说什么我侵犯了权益，您家老爷这样无知，我真替他害臊。"

他俩便这样商定了。这时，他们正在爱杜薇海斯的那家小客店里。堂富尔戈尔问她：

"喂，薇海斯[1]，你能将角落里那间房子租给我用吗？"

1　爱杜薇海斯的小名。

"这儿的房间您要哪间都行，堂富尔戈尔，您要是愿意，就把所有的房间全租下吧。是您手下的那些人要在这里过夜吗？"

"不，只要一间就行。你就不用为我们操心了，睡觉去吧，把钥匙交给我们就行了。"

"我已经跟您说过，堂富尔戈尔，"托里维奥·阿尔德莱德对他说，"您是个男子汉，办事爽快，这点没有二话，可就是您家老爷那婊子养的儿子，真他妈的老是跟我过不去。"

他一直在回忆着。这是他耳朵听到的最后的几句话。随后，富尔戈尔便像个懦夫那样号叫起来。"您刚才说我有后台，没错！"

他用鞭子柄敲了一下佩德罗·巴拉莫家的门，头脑里想起了两星期前第一次敲门时的情景。和上次一样，他等待了好一会儿；和上次一样，这次他也抬头看了看挂在门楣上的黑色蝴蝶结。可是这次他没有跟上次一样自言自语："得了吧，还把这破玩意儿挂在门上呢。头一个早就褪了色，而最后一个如丝绸般闪闪发亮，其实也不过是一块染了颜色的破布。"

上次他等了很久，直到他确信这房子或许已没有人居住了。这次当他要走的时候，佩德罗·巴拉莫的身影出现了。

"进来，富尔戈尔。"

这是他俩第二次见面。第一次富尔戈尔只看了他一眼，因为小佩德罗才呱呱坠地。再就是这一次，几乎可以说是初次见面。他觉得佩德罗·巴拉莫跟自己说话像对平辈人一样。岂有此理！他一面用鞭子抽打着大腿，一面大踏步跟着他。"他很快便会明白我不是个等闲之辈，他会明白这一点的，我正是为此而来。"

"请坐吧，富尔戈尔，这儿我们说话可能更安静点。"

他们走进畜栏里。佩德罗·巴拉莫在一个马槽边舒舒服服地坐下来后，等对方开口。

"你干吗不坐呀？"

"我喜欢站着，佩德罗。"

"那就请便吧。不过，请别忘了在我名字前加上一个'堂'[1]字。"

1　西班牙语国家人名前加"堂"字有尊敬之意。

这年轻人算老几，竟敢用这种口气对自己说话！当年连他老子堂卢卡斯·巴拉莫都不敢这样做。忽然间，这个从来没有在半月庄逗留过，也从来不了解农活，甚至连听也很少听到过的人居然对他讲起话来像对泥腿子一样，这太不像话了！

"那件事办得怎样了？"

他觉得时机已到。该我露一手了。他心里想。

"不行哪，什么都没有剩下，我们把最后几头牲口都卖了。"

他开始取出借据来向他报告债务增加了多少。正当他想说"我们欠得太多了"的时候，却听到：

"我们欠了谁的债？欠多少债我倒不在乎，要紧的是欠什么人的债。"

他念了一大串债主的名字，最后说：

"没地方弄钱来还债，问题就在这里。"

"为什么？"

"因为您家里的人把钱都花光了。您家里的人只会借钱，不停地借，连一个子儿也不还。这样一来，后果就严重了。我早就说过：'这样下去，到头来会变得一无所有。'瞧，现在不是都花光了吗？不过，这里还有人对买地皮感兴趣，开价也高，若卖掉土地，倒可以还清所欠的债款，而且还会有盈余，当然余下的也不会很多。"

"是你想买吧？"

"您怎么会想到是我呢？"

"我甚至还想到圣人呢。好吧，明天起我们就来解决债务问题。就从普雷西亚多姐妹俩开始吧，你不是说我家欠她们的债款最多吗？"

"是的，而且还得也最少，您父亲总是将她们排在最后。据我所知，她们姐妹俩中那个叫玛蒂尔德的已经迁到城里去住了，我不知是到了瓜达拉哈拉，还是到科里马。那位罗拉——我是说堂娜多洛雷斯仍留在那里，现在一切都归她所有了。您知道，连恩美蒂奥庄园也是她的了。所以，她俩的债我们就还给她好了。"

"那明天你就去向罗拉求婚好了。"

"可您怎么能指望她会看上我呢，我是老头子了。"

"我是说请你去替我向她求婚。不管怎么说，她还是有讨人喜欢的地方。你去对她说，我非常爱她，如果她也认为合适的话……哦，还有，你顺道去给雷德里亚神父说一声，请他给我们张罗一下婚事。你手头上还有多少钱？"

"我已身无分文了，堂佩德罗。"

"那你可以先给他开个空头支票，就说一有钱就给他。我几乎可以肯定他是不会给我出难题的。这件事你明天就去办。"

"那阿尔德莱德那件事怎么办？"

"怎么又来了个阿尔德莱德？你刚才念名单时念到了普雷西亚多姐妹俩，念到了弗雷戈索家和古斯曼家，现在怎么又来了个阿尔德莱德？"

"这是个地界问题。他已经派人筑起了篱笆，现在又要我们在未筑篱笆的那一部分建造围墙。这样，地界就清楚了。"

"这件事往后再处理吧。围墙的事不用你操心了，不会筑什么围墙的。土地也不会划什么界线的。想一想我这话的意思吧，富尔戈尔，虽说你一时还理解不了。眼下你还是先安排一下罗拉的事。你怎么不坐下来呢？"

"我会坐的，堂佩德罗。说句实在话，我开始喜欢同您打交道了。"

"你去跟罗拉怎么讲都可以，就说我爱她吧，这点比较要紧。塞达诺，我真的是爱她，我爱她的一双眼睛，你知道吗？这事你明天一大早去办。管家的事我给你减轻一点，你把半月庄的事忘掉好了。"

　　这小伙子从什么鬼地方学来这么多花招？在回半月庄的途中，富尔戈尔·塞达诺心里这么想着。我原来对他是不抱什么指望的。我那已故的老主人堂卢卡斯常常对我说："他是个废物，是条懒虫。"我一直认为他说得对。"富尔戈尔，我死后，你就到别处找个活儿干吧！""好的，堂卢卡斯。""跟你说实在话，富尔戈尔，我是想把他送到神学院去，看看这样一来，我死后他能不能混碗饭吃，能不能养活他母亲；可连上神学院他也没有决心。""您真不该承受这些，堂卢卡斯。""什么也不要想指望他，就是我老了拿他当根拐杖使也不行。我白白地养了他这个废物，有什么法子，富尔戈尔？""这真是一件憾事，堂卢卡斯。"

　　然而，现在他竟是这样的人。当初要不是自己留恋半月庄这个地方，今天也不会来看他，也早该不告而别了。可是，富尔戈尔也确实珍爱半月庄这块土地，喜爱那些经过精耕细作的光秃田垄，这些耕地至今仍是沟渠纵横，生产出越来越多的东西……可爱的半月庄啊，还有那些即将合并过来的土地："快过来吧，我那可爱的恩美蒂奥庄园。"他看到这个庄园正向他走来，好像已经来到了他的身边。说到头来，女人就是这么一点能耐。"是这么一回事。"他自言自语地说。出了庄园的大门，他用鞭子拍了一下腿，就迈开了脚步。

忽悠多洛雷斯非常容易。这会儿她兴奋得两只眼睛闪闪发光，脸蛋儿都变了样儿了。

"请原谅，堂富尔戈尔，您瞧，我脸都红了。我没有想到堂佩德罗会看上我。"

"他想您想得晚上睡不着觉。"

"可是，他不是有的是地方去挑选女人吗？再说，科马拉美人儿也多的是，这事要让她们知道了该会怎么说呢？"

"他只想您一个人，多洛雷斯。除您之外，他谁也不想。"

"您简直说得我心里发抖，堂富尔戈尔。我甚至连想也没有想过这样的事。"

"他是个含情不露的人。堂卢卡斯·巴拉莫（愿他的灵魂得到安息）对他说过，您配不上他。他当时因为要听从父命，才没有开口。现在既然堂卢卡斯已不在人世，就不会再有什么障碍了。这可是他第一次下的决心。我因为事情多，拖了一些时间才来办这件事。就把婚礼定在后天吧，您看如何？"

　　"这不太匆忙了点吗？我可是一点儿准备也没有啊。我总得准备嫁妆，还要给我姐姐写封信。要不，我还是派个人亲口对她说更好。不管怎么说，4月8日之前我是准备不好的。今天已经是1号了。是啊，8日也紧得很哪。请您告诉他，让他再等几天吧。"

　　"他恨不得马上就举行婚礼。如果光是嫁妆问题，这好办，这可以由我们承担。堂佩德罗去世的妈妈希望您穿她穿过的衣服。他家有这个习惯。"

　　"可这几天还有点儿小问题，您知道，这是女人家的事。唉，跟您说这些多难为情！堂富尔戈尔，您真弄得我面红耳赤了。我来月经了，唉，真丢死人了！"

　　"这又怎么啦？结婚跟来不来月经有什么相干？结婚是双方相亲相爱的事。只要做到这一点，别的事情都是杞人忧天。"

"可您还没有明白我的意思，堂富尔戈尔。"

"明白。就这样了，婚礼定在后天了。"

说完，他走了。她还张开着双臂，要求延缓八天，仅仅是八天。

"我可别忘了告诉堂佩德罗——佩德罗这小伙子真够精明的！——让他别忘了告诉法官，婚后女方的产业要由夫妇双方共管。'记住，富尔戈尔，明天就告诉他。'"

多洛雷斯则赶忙跑进厨房，拿了一只脸盆，打了一盆热水："我要让这玩意儿快点干净，最好今天晚上就弄干净。可这玩意儿少说也得三天才能过去，真没法子！啊，多幸福啊！感谢上帝将我许配给堂佩德罗。"接着，她又自言自语地说："即使他以后厌弃我，我也心甘情愿。"

"婚事已经谈妥了，她很乐意。神父说，要让他不把结婚的信息漏出去，得给他六十比索。我说到必要的时候会付给他的。他还说需要修缮祭坛，再说他的餐桌也东倒西歪了。我答应给他送一张新桌子去。他说您从来不去做弥撒，我向他保证说您一定去。他又说自从您祖母去世后，您家就不再给教堂交什一税了。我叫他放心，他也表示同意了。"

"你没有要多洛雷斯给我们预支点钱吗？"

"没有，少爷，我没有敢这样做。说句真心话，她当时那么兴高采烈的，我真不想去扫她的兴。"

"你简直像个孩子。"

去他的！说我还是个孩子！我都快五十五岁了，而他几乎连乳臭还未干，我已是半截入土的人了。

"我当时是不想破坏她的兴致。"

"不管怎么说，你还是个孩子。"

"孩子就孩子吧，少爷。"

"下星期你找阿尔德莱德去，对他说，叫他重新测量一下他筑的篱笆，他已侵占了我半月庄的土地。"

"他测量得很正确，我相信这一点。"

"那你就去对他说，他丈量错了，计算错了。如果有必要就推倒他的篱笆。"

"那法律呢？"

"什么法律不法律的，富尔戈尔！从今以后，法律该由我们来制定。在半月庄干活的那些人中有没有喜欢闹事的人？"

"有，有那么个把。"

"那你就带他们去同阿尔德莱德打交道。你起诉控告他，说他'侵犯了我们的权益'。反正你想控告他什么罪名就控告他什么罪名。同时，你再提醒他，卢卡斯·巴拉莫已经去世，他现在得跟我打交道。"

天空一片蔚蓝，云彩星星点点。尽管山下已经热得像蒸笼，山上还刮着凉风。

他又用鞭子柄敲了敲门，表示他非要进去不可。因为他知道，只有到佩德罗·巴拉莫想起要开门时，才会有人来开门。他望了望门楣，说道："不管怎样，这几个黑色的蝴蝶结倒非常漂亮。"

这时，门打开了。他走了进去。

"请进来，富尔戈尔。托里维奥·阿尔德莱德的事办妥了吗？"

"已经了结了，少爷。"

"那我们只剩下弗雷戈索家的问题了。这事就暂时搁一搁吧，眼下我正忙着度我的蜜月呢。"

"这个村庄处处都有回声，这种声音仿佛被封闭在墙洞里，或是被压在石块下。你一迈开步，就会觉得这种声音就跟在你脚后跟后面。你有时会听到咔嚓咔嚓的声音，有时会听到笑声。这是一些年代久远的笑声，好像已经笑得烦腻了。还有一些声音因时间久了有些听不清了。这种种声音你都会听到。我想，总有一天这些声音会消失的。"

上面的这些话是我们穿过村庄时达米亚娜·希斯内罗斯跟我说的。

"有一阵子，有好几个夜晚我听到过节的喧闹声，这种声音一直传到了我所在的半月庄。我朝那边走，想去看看热闹，结果我只看到我们眼下见到的情景：什么都没有，既见不到任何人，也见不到任何东西，街道跟现在一样，也是空空荡荡的。

"后来，我就没有听到这种声音了，那是因为玩得累了。因此，不再听到那种喧闹声我也不觉得奇怪……"

"是啊，"达米亚娜·希斯内罗斯又接着说，"这个村子里到处都是那种嗡嗡声，现在我已经不感到恐惧了。现在我听到狗叫，我就让它们叫去吧。还有，在那些刮风的日子里，我还见到风卷着树叶，而这里正如你见到的那样，根本没有树木。过去某个时期一定有过，否则，这些树叶又是从哪里来的呢？

　　"最叫人害怕的是你会听到有人在说话，你觉得这说话声仿佛是从某个裂缝里传出来的，可这声音听起来又十分清晰，甚至你都听得出这是谁的声音。那时节正好我来到这儿，遇到有人在守灵，我也留下来念《天主经》。就在那时，从守灵的那些妇女中间走出一个女人，她对我说：

　　"'达米亚娜！替我求求上帝吧，达米亚娜！'

　　"她摘下面纱，我认出我姐姐西斯蒂娜的那张脸。

　　"'你在这里干什么？'我问她。

　　"然后，她又跑到女人堆里躲了起来。

　　"也许你不了解，我姐姐西斯蒂娜在我十二岁那年便去世了。她是长女。而我家兄弟姐妹共有十六人，这样，你就可以算出她死了已经有多少个年头了。你瞧她的模样，到今天还在这世上游荡呢。因此，你要是听到她新近的声音，不必害怕，胡安·普雷西亚多。"

"我妈妈跟您也说过我要来吗？"我问她。

"没有，顺便问你一下，你妈妈现在怎么样了？"

"她去世了。"我说。

"去世了？怎么死的？"

"我也不知得的什么病，也许是伤心死的吧，因为她生前总是唉声叹气。"

"这样做最不好，每叹一口气就好像把自己的生命吞掉一口，人就这样完蛋了。这么说，她已经走了？"

"是的，这事您也许早已知道了吧。"

"为什么我会知道呢？我已有好多年不了解世事了。"

"那您怎么会找到我的？"

"……"

"您还活着吗，达米亚娜？告诉我，达米亚娜！"

这时，我突然发现自己孤身一人站立在空荡荡的街上。家家户户的窗口都是敞开着的，硬邦邦的草茎从窗口探出头来，围墙的墙皮脱落，露出干燥疏松的土坯。

"达米亚娜，"我叫喊着，"达米亚娜·希斯内罗斯！"

回答我的只是回声："……亚娜……内罗斯！……亚

娜……内罗斯!"

我听到狗叫声,好像是我把它们吵醒了似的。

我看见有个男人穿过街道:

"嘿,先生!"我叫他。

"嘿,先生!"是我自己的回声在回答。

在一个街角我能听到两个妇女在谈话:

"你瞧,谁来了?这不是菲洛特奥·阿雷切加吗?"

"是他,快把面纱戴起来。"

"我们还是离开这里吧。要是他跟上我们,那一定是看中我俩中间的一个了。你认为他会跟上谁呢?"

"一定是你了。"

"可我想他会跟上你的。"

"别跑了,他已经在那个街口停住了。"

"这就是说,我俩他谁也不喜欢,你发现了吗?"

"可要是他看中了你或我,这又会怎样了呢?"

"你别胡思乱想了。"

"不管怎么说,这样更好。听人说,他是负责替堂佩德罗搞姑娘的，我们这次总算逃脱了。"

"啊，是吗？我可不愿意跟这老东西有什么瓜葛。"

"那我们还是走吧。"

"你说得对，我们还是离开这里吧。"

夜晚，午夜早已过去，又听到人声：

"……我对你说，今年玉米要是有个好收成，我就有钱还你的债了。要是歉收，你还得等一等。"

"我不强求你。你知道，我对你的态度一贯如此。不过，这土地可不是你的，你是在别人的土地上干活，你从哪儿搞到钱来还给我？"

"谁说土地不是我的？"

"人们都确定你已经把它卖给佩德罗·巴拉莫了。"

"嘿，我压根儿就没有和这位老爷有过交往，土地仍然是我的。"

"这话只是你说的，可是，这一带的人都说这儿的一切都是属于他的。"

"让这些人来跟我说说看。"

"嗳，加利莱奥，说句贴心的话，我是瞧得起你的。

不管怎么说，你是我姐夫。你对我姐姐好，这点谁也不怀疑。可你把土地卖了，在我面前这点你就不要否认了。"

"我已对你说了，土地我谁也没有卖。"

"可这些土地已经是佩德罗·巴拉莫的了，起码他是这样打算的。堂富尔戈尔没有来找过你吗？"

"没有。"

"那他可能明天就来找你。明天不来，总有一天会来的。"

"不是鱼死便是网破，但他绝不会得逞。"

"姐夫，万一出了事的话，愿你安息，阿门。"

"往后你还会见到我的，你等着吧。你用不着替我操心，不管怎么说，我娘给了我一副结结实实的皮肉。我可不是软柿子。"

"那就明天见吧。你告诉费里西塔，说我今天晚上不去吃晚饭了。我不愿她在我出事后说：'我前一天晚上跟他在一起。'"

"我们替你留点吃的吧，万一你又想来了呢。"

在一阵马刺声中，人们听到渐行渐远的马蹄声。

"明天天一亮你就跟我走，乔娜，我已经备好了骡子。"

"可我爸爸真的气死了怎么办？他已经这么大一把年纪了……要是由于我们他有个三长两短的话，我永远也饶恕不了我自己。我是服侍他生活起居的唯一的人，再也没有别人了。你干吗这么急急匆匆地要和我私奔呢？再等几天吧，他也不久于人世了。"

"一年前你也是这么对我说的，那时你甚至还骂我缺少冒险精神，这说明你那时已对这儿的一切厌倦了。我都已准备好了骡子，你到底跟不跟我走？"

"让我想一想。"

"乔娜，你不知道我多么喜欢你！我再也压抑不住我的欲望了，因此，你除了跟我走，还得跟我走。"

"你得让我想一想，懂吗？你该明白，我们得等他过世后再说。他已经差不多了，到那时我跟你走，我们也不必私奔了。"

"这一点你一年前也对我说过的。"

"说了又怎么样呢？"

"可我已经租来了骡子，都准备好了，这会儿正等着你……老头子就让他自己照料自己吧，你又年轻又漂亮。他的事少不了会有老太婆来照料的，这里有的是善心人。"

"我不能走。"

"你能走。"

"我不能，我很难过，你知道吗？他好歹总是我的父亲呀。"

"那就没有什么可以说的了。我这就去找胡里亚娜去，她都快想死我了。"

"你去吧，我没有什么可以说的。"

"那你明天也不想见到我了？"

"对，我再也不想见到你了。"

喧闹声、人声、嗡嗡声和远处的歌声：

> 未婚妻赠我手帕一块，
> 手帕边上沾满泪水……

歌是用假嗓子唱的，听上去像是女人的歌唱。

我看见走过几辆牛车，拉车的几头公牛慢悠悠地走着。石块在车轮下发出咯吱咯吱的声音，车上的人好像在睡觉。

"……每天清晨，牛车一来，村庄就颤动起来。牛车来自四面八方，上面装了硝石、玉米穗子和巴拉草。车轮发出的吱吱声使窗户都震动起来，把人们从梦中惊醒。人们就在这个时候打开炉灶门，新烤的面包发出了香味。这时，可能会突然打起雷下起雨来，可能春天就来了。你在那里将会对许多突然发生的事情习以为常，我的孩子。"

空荡荡的牛车打破了街道的宁静，它们渐渐地消失在夜间漆黑的道路上。接着是黑影。黑影的回声。

我想回去。我感到我来时留下的足迹，就像是在山丘的一片黑色中开出了一道伤口。

这时，有人拍了拍我的肩膀。

"您在这儿干什么？"

"我是来寻找……"我欲言又止，我本来是想说出我是来找谁的，"我是来找我父亲的。"

"您为什么不进去？"

我走了进去。这是一座屋顶已塌倒了一半的房子，地上满是碎砖破瓦。在另外的半座房子里住着一男一女。

"您两位不是死人吧？"我问他们。

那女人笑了笑，男人则板着脸瞪了我一眼。

"他醉了。"男人说。

"他只是受了点惊。"女人说。

房子里放着一盏煤油灯，有一张竹床。还有一把皮椅子，上面放着女人的衣服，因为她这时是赤身裸体的，正像上帝让她降临到这个世界上时那样。他的情况也一样。

"刚才我们听到有人在自怨自艾，还用脑袋撞我们的门。原来是您。发生什么事了？"

"我碰到的事多着呢，眼下我希望最好是能睡一觉。"

"我们已经睡下了。"

"那我们都睡觉吧。"

清晨逐渐让我的记忆消散了。

我不时地听到有人在说话，我发现这种说话的方式与一般的不同，因为到那时为止（我知道到那时为止）我听到的言语都是无声的，就是说根本不发出声音来；这些话语能被感受到，但没有声音，宛如在梦中听到的一般。

"他会是谁呢？"女人问。

"谁知道呢！"男人回答。

"他怎么会到这里来的？"

"谁知道呢。"

"我好像听他说起他父亲什么的。"

"我也听他说过。"

"他不会是迷了路吧？你还记得上次闯到这里来的几个人吗？他们说是迷了路，他们要去一个叫洛斯康费纳斯[1]的地方。你对他们说，你不知道那个地方在哪儿。"

"对，我记得这件事。不过，你还是让我再睡一会儿，天还没有亮呢。"

"快亮了。我跟你说说话就是让你清醒清醒，是你让我在天亮之前叫醒你，我才这样做的。快起来吧。"

"你干吗要我现在就起来？"

"我也不知道为什么。是你昨天晚上告诉我，让我叫醒你的，可你没有对我说清楚为什么要这样做。"

"那你就让我睡吧。你没有听到那个人刚来这儿时说的话吗？让他睡一觉，他就说了这么一句话。"

1　原文的意思是"天边"。

好像说话声过去了，好像它发出的声音消失了，好像一切响声都被压下去了。谁也没有说什么，这只是一场梦。

　　过一会儿，又说起话来了。

　　"他刚才翻了一个身。有可能他就快醒了。若是让他看见我们这个样子，一定会向我们问这问那的。"

　　"他会向我们提出什么样的问题呢？"

　　"反正他总得问点什么吧，是不是？"

　　"别管他，他一定累极了。"

　　"你这样认为吗？"

　　"喂，别说话了。"

　　"你瞧，他又动了一下。你看到他翻身的那个样子吗？好像有人在里边摇晃他一样。这点我明白，因为我也发生过这样的情况。"

　　"你发生过什么样的情况？"

　　"就是那玩意儿。"

　　"我不明白你说的什么。"

　　"要是看到此人辗转反侧的样子，没有，使我回忆起第一次和你干那玩意儿时我身上发生的情况，我是不会把这话讲出来的。我想起当时有多么痛苦，心里又是多么的后悔。"

"你后悔什么？"

"你跟我干那事儿，我心里就有些反感。就算你不同意我的看法，我也知道那样做是不对的。"

"到现在你还跟我讲这样的话？你为什么不睡觉，也不让我睡一会儿？"

"是你让我叫醒你的，这件事我现在正在做着。苍天在上，我是正在做着你要我做的事。喂，到起床的时候了。"

"让我安静点嘛。"

男人好像睡着了，女人还在嘟嘟哝哝的，但是声音很轻：

"天该亮了，已经有亮光了。我在这里就能看到那个人。我能看到他，就是因为天已亮了，太阳都快出来了。这点是确信无疑的了。此人也许是个坏人，而我们却让他住了下来。只给他住这么一天倒关系不大，但我们终究把他藏匿下来了。今后可能会给我们带来麻烦……你看他辗转反侧的样子，好像总是睡不安生。有可能他的内心很不安宁。"

天已大亮，白昼驱散了阴暗，使之荡然无存。在房间里睡觉的人们用自己的体温把房间弄得暖烘烘的。我透过眼皮看到了黎明的曙光，感受到了亮光。我听到：

"他像个囚犯一样老是翻身，横竖看他都像个坏人。快起来吧，多尼斯！你看看他。他在地上又擦又滚，还淌着口水。他一定是个欠有许多血债的人。而你却连这点也不承认！"

"他一定是个很可怜的人。你快去睡！让我们也再睡一会儿！"

"我已没有睡意，为什么还睡？"

"那就起来，给我滚到一边去，别这么吵人！"

"行，我就要去点炉子了。顺便我要去对这个不知姓名的人说一声，叫他到这里来跟你睡，就睡在我这个位置上。"

"你跟他说去吧。"

"我不能去，我害怕。"

"那你就去干家务事吧，好让我们安静点。"

"好吧。"

"你还等什么？"

"我这就走。"

我感到那女人下了床。她那双赤脚踩在地面上，跨过我的脑袋走了出去。我睁开眼睛，又闭上了。

我醒来的时候，已到中午时分。我身边放着一罐咖啡。我想喝，于是就喝了几口。

　　"再也没有了，太少了，请原谅。我们什么都缺，什么都没有……"

　　这是女人的声音。

　　"请别为我操心，"我对她说，"不用为我费心。我已经习惯了。离开这里怎么走？"

　　"上哪儿去？"

　　"随便什么地方。"

　　"离开这里的路多得很。有一条是通向康脱拉的，另一条是由那边来的，还有一条是直接通向山区的。从这里看到的这条路我倒不知道是通向什么地方的。"说完，她用手指给我指了指屋顶上的那个窟窿，就在天花板破了的那个地方。"还有，这边这一条是经过半月庄。还有一条路，这条路穿过整片土地，能够通向最远的地方。"

　　"也许我正是从这条路来这儿的。"

　　"这条路通向什么地方？"

　　"是到萨尤拉的。"

　　"您瞧，我还以为萨尤拉在这边呢。我总幻想着去看看那个地方。听说那边的人可多了，是吗？"

“跟别的地方一样多。”

“请您想一想，我们在这里实在太孤单了。哪怕是生活中不起眼的东西，我们都想去瞧瞧，真想得很。”

“您丈夫上哪儿去了？”

“他不是我丈夫，他是我哥哥，尽管他并不想让别人知道这一点。您问他到哪儿去了？他一定是去找那只从这里逃走，不知在哪儿乱逛的牛犊去了。至少他是这么对我说的。”

“你们在这里住了多久了？”

“我们一向住在这里，我们是在这里出生的。”

“那你们应该认识多洛雷斯·普雷西亚多吧。”

“多尼斯他也许认识。我认识的人很少，我从来不出门，我一直待在您看到我的这个地方……不过，话说回来，也不是说以往一直不出门。只是自从他以我为妻的那个时候起才这样。从那个时候起，我就成天关在房子里，因为我怕人们看到我。他不愿意相信这一点，但是我真的叫人看了害怕吗？”于是，她来到阳光下，“您看看我的脸！”

这是一张普普通通、平平常常的脸。

“您叫我看您什么？”

“您没有看到我的罪孽吗？您没有看到我浑身上下那

些像疥癣一样的深紫色斑点吗？这还只是外表的问题，我的内心早已是一团泥浆了。"

"这里连一个人也没有，又有谁能看见您呢？整个村庄我都跑遍了，连一个人影儿也没有见到。"

"这只是您的看法而已，但人还是有那么几个的。您说菲洛梅诺不还活着吗？还有，多罗脱阿、梅尔卡德斯，还有普鲁登西奥老人和索斯德纳斯，这些人难道也都死了吗？问题是这些人眼下都关起门来过日子了。白天我也不知他们在干些什么，可是，一到夜里他们就把自己关在房子里。这儿一到夜里便一片恐怖。您要是能看到在街道上随便游荡的那为数众多的鬼魂就好了。天一黑他们就出来，谁也不愿意见到他们。他们的数量这么多，我们人数又这么少，以至于我们都无法为他们做出努力，替他们祈祷，让他们脱离苦难。他们数量这么多，我们做的祷告也不够用。即使分摊上了，每个鬼魂也只摊到几句《天主经》。这几句经文对他们是无济于事的，更何况我们自己也有罪孽呢。我们活着的这些人中间没有一个人能得到上帝青睐的，我们谁也不能抬头仰望苍天而不为双眼肮脏感到羞耻。当然，单靠羞惭难以治好病，这话至少是主教对我说的。他不久前路过这儿，施行了坚信礼。我当时站立在他面前，全都向他忏悔了。

"'这种事是不能宽恕的。'他对我说。

"'我感到羞愧。'

"'这不是补救的办法。'

"'您让我们结婚吧。'

"'你们应该分开!'

"'我是想对您说,是生活将我们撮合在一起,生活将我们圈在一起,将我们中间的一个人放在另一个人身边。我们在这里也太孤单了,除了我俩再也没有别的人了。我们也总得设法让村子里人丁兴旺起来。这样,当您下次来这儿时,就可以给什么人施行坚信礼了。'

"'你们分开吧,这是唯一的办法。'

"'可我们往后怎么过呢?'

"'像别人一样过呗。'

"他骑着骡子,板着脸,像从此甩开了这种放荡行为似的,头也不回地走了。此后神父再也没有来过。正因如此,这里才到处是幽灵。那些没有得到宽恕便死去的人只能在这里游荡,往后他们也得不到宽宥了,想靠我们更办不到。他来了,您听到了吗?"

"听到了。"

"是他。"

门开了。

"牛犊怎么样了？"她问道。

"现在它还不打算回来。我一直跟着它的足迹，我几乎已弄清它钻到什么地方去了。今天晚上我一定要抓住它。"

"今晚你要撇下我一个人过？"

"可能是这样。"

"那我忍受不了。我需要你和我待在一起。和你在一起是我感到安宁的唯一时刻，也就是在夜里。"

"今晚我要去抓牛犊。"

"我才知道，"我插言道，"你们原来是兄妹。"

"您才知道？我可要比您早得多。您最好不要来管这些闲事。我们不喜欢别人谈论我们的事。"

"我刚才说起这件事，只是表明我理解你们，没有别的用意。"

"您理解了什么？"

她走到了他的身边，偎身于他的双肩上，也问道：

"您理解了什么？"

"我什么也不理解，"我说，"我越来越不明白了。"我又说："我很想回到我来时的那个地方去，我要趁着天还有点亮光就动身。"

"您最好等等再走，"他对我说，"等到明天走。天一会儿就要黑了，这里的路都崎岖不平，荆棘丛生，您会迷路的。明天我给您带路。"

"好吧。"

透过房顶上的洞，我看见一群乌鸦飞过天际。这种鸟儿总是在傍晚趁黑暗还没有阻挡它们飞行的时候在空中飞翔。接着，几朵被风刮得七零八落的云彩带走了白昼。

而后出现了黄昏时的星辰，最后，月亮才出来。

这一对男女已不在我身边。他们是从通向院子的那扇门出去的，回来时已是深夜。因此，他们不了解他俩在外面时这里发生的事情。

事情的经过是这样的：

一个女人从街上走来，走进了房间里。这是个上了年纪的老妪，瘦得皮包骨头。她走进房间后，用她那双圆眼睛在房间里扫视一番。或许她甚至看见我了，或许她以为我睡着了。然后，她径直朝床边走去，从床下拉出一只箱子，在箱子里翻腾了一阵，拿出几条床单，夹在腋下，踮着脚尖悄悄地走了，像是怕吵醒我。

我全身都绷紧了，屏住呼吸，眼睛尽量朝别的地方看。最后，我终于转过脑袋，朝另外一边看去。那里，夜晚的星辰已和月亮融合在一起了。

"请把这东西喝下去吧。"我听见有人这样说。

我不敢回头。

"喝了它吧，这对您有好处。这是橘花露。我知道您受惊了，因为您在发抖。喝下橘花露就不害怕了。"

我认出了那双手。一抬起头，我又认出了那张脸。站在她后面的男人问道：

"您觉得自己病了？"

"我也不清楚。我在你们也许什么也见不到的地方看见了东西，也看见了人。刚才来了一个老太太。你们应该见到她出去的。"

"你上这儿来，让他单独待在这里吧，"他对那女人说，"他一定是在装神弄鬼。"

"我们得让他躺在床上。你瞧他抖得多厉害，一定在发烧。"

"别理他。这些家伙装成这个模样是为了引人注意。

在半月庄我认识一个人，此人自称会算命。但他却从来没算中，一俟老爷猜到他是个骗子，他就会送命。这里的这个人一定也属于算命跳大神这类的。这些人成天在各村庄转悠，'看看上帝能给他们恩赐点什么'，可这里却连一个能让他填饱肚子的人也找不到。你看，他不是不抖了吗？那是因为他正在听我们交谈。"

时间仿佛在倒流。我又看到星星和月亮贴在一起，云彩在四散飘开，成群的乌鸦，接着是天色尚明的黄昏。

夕阳映照在屋墙上，石壁传来了我脚步的回声。那个赶驴人对我说："您就去找爱杜薇海斯太太吧，如果她还活着的话。"

接着是一间黑洞洞的房子，一个妇人在我身边打鼾。我发现她的呼吸很不均匀，像是在梦中，但却更像是压根儿就没有睡着，只是模仿着睡眠时发出的鼾声。竹床上放着几个口袋，它们散发着尿臭味，好像从来也没有在太阳下晒过似的。枕头是一块粗呢，里面塞着木棉或是羊毛，大概是被浸了太多汗水，硬得简直像块木柴。

我感到那女人赤裸裸的两条大腿紧贴着我的膝盖，她的呼吸在我脸旁滑过。我坐在床上，身躯斜靠在像土坯那样坚硬的枕头上。

　　"您不睡？"她问我。

　　"我不困，我已睡了一整天了。您哥哥呢？"

　　"他是从这几个方向走的。他会上哪儿去，您已经听说过了吧。今晚他可能不回来。"

　　"这么说，虽然您不同意，他还是走了？"

　　"是啊，他可能不回来了，所有的人开始时都是这样的，他们说什么我要上这儿，我要上那儿，这样就越走越远，远得到后来还是不回来为好。他也一直想离开这里，我认为这会儿该轮到他了。也许在我不知道的情况下，他把我留给您照顾了。他看准了这个机会，牛犊逃掉的事只是一个借口。您将会看到，他是不会回来的了。"

　　我本来想对她说："我感到恶心，想出去透透气。"但我却说：

　　"别担心，他会回来的。"

　　我从床上起来时，她对我说：

　　"我在厨房的炭火上留了点东西，数量不多，但多少也可以给您充充饥。"

　　我找到了一片腊肉，炭火上还烤着几块玉米饼。

"这是我能给您搞到的一点儿东西，"我听到她在里面对我说，"是我用我母亲在世时就保存着的两条干净床单跟我姐姐换来的。她一定来过，把床单给取走了。当着多尼斯的面，我不想跟您说这件事。但您刚才看到的这个女人就是她，是她把您吓成这个样子。"

　　漆黑的天空布满星星，月亮旁边的那颗星最大。

　　"你没有听到我说话？"我轻声地问。

　　她的声音回答说：

　　"你在哪儿？"

　　"在这里，就在你的村庄里，和你的人在一起。你看不见我吗？"

　　"看不见，孩子，我看不见你。"

　　她的声音好像包括了一切，远远地消失在大地之外。

　　"我看不见你。"

　　我回到了那间只有半截屋顶的房间里，里面睡着那个女人。我对她说：

"我就待在这里，在我自己的这个角落里。反正床和地板都一样硬。您要我帮什么忙，请告诉我。"

她对我说：

"多尼斯不会回来了，这点从他的眼神中我就看出来了。他一直在等着有人来，他好趁机走掉。现在你得负责照应我了。怎么？你不想这样做？快到这里来跟我睡。"

"我在这里很好。"

"你还是上床来好，在地板上蜱虫会把你吃掉的。"

于是，我就过去和她睡在一起了。

我热得在午夜十二点就醒了过来，身上全是汗水。那女人的身体像是用泥制成的，外面包着泥壳子。而这时它散架了，像是在泥坑里一点点溶化掉了。我感到自己全身都浸泡在从她身上流淌出来的汗水里，感到缺乏呼吸需要的空气。于是，我从床上起来，那女人还睡在那里，她嘴巴在呼噜呼噜地吹着气泡，听起来很像是在打鼾。

我来到街上，想找点凉风，但一直跟随我的热气并没有消散。

原因是没有风。只有一个凝滞平静的夜晚，在八月的盛暑下愈显炎热。

没有风。我只好吸进从我自己口中呼出的同一团空气。我用手捂住这点空气，使它不会消散。这空气经过一呼一吸，我觉得它越来越稀少了，直到最后稀薄得从我手指中间永远地溜掉了。

我说永远。

我记得我曾看见这样一种东西。它像是充满泡沫的云朵，在我头上盘旋，接着，那泡沫从头上淋下来，我便消失在云雾中。这是我最后看到的一切。

"你想让我相信你是闷死的吗，胡安·普雷西亚多？我是在离多尼斯家很远的那个广场上找到你的。那时他也在我身边，他说你正在弥留之际。我俩将你拖到大门边的阴凉处，那时你已经全身僵硬，像那些被吓死的人那样全身抽搐。要是如你所说的那样那个夜晚没有供我们呼吸的空气，那我们就没有力气将你拖走，将你埋葬了。你看，我们不是正在埋葬你吗？"

"你说得对，多罗脱奥。你是说你叫多罗脱奥吧？"

"叫什么都一样，尽管我的名字是多罗脱阿。反正都一样。"

"多罗脱阿，确实是那些低声细语杀害了我。"

"在那里你将找到我的故地，那是我曾爱过的地方。在那里梦幻使我消瘦。我那耸立在平原上的故乡，绿树成荫，枝繁叶茂，它像是扑满一样保存着我们的回忆。你将会感觉到那里每个人都想长生不死。那儿的黎明、早晨、中午和夜间都完全相同，只是风有所不同。那里的风改变着事物的色彩；那里的生命好像低声细语，随风荡漾，生命就好像是其本身纯粹的低声细语……"

"是的，多罗脱阿，是那些低声细语杀死了我，尽管我到事后才感到害怕。这种声音慢慢地聚集在我这里，直到最后使我难以忍受。我遇到这些低声细语后，我的生命之弦就绷断了。

"你说得对，我是到了广场，是那鼎沸的人声将我带到那里去的。我当时认为那儿确实有人。那时我已经难以左右自己了。我记得我是扶着墙根走的，好像在用两只手走路。这些低声细语似乎从墙上渗透出来，又钻到地缝和脱落的墙皮里去了。这种声音我都听到了，这是人声，但又不清晰可闻，这是一种窃窃私语声，仿佛有人走过我身边时对我喃喃细语些什么，也好像有一种嗡嗡声在我耳边响起。我离开墙根，沿街心走着，但我同样听到了这种声音。它好像紧随着我，有时在前，有时在后。此时，我已不如刚才对你说的那样觉得热了；相反，我感到寒冷。自从离开那个把床借给我睡的女人的家后，自从如我刚才对你说的那样见到她溶化在自己汗水里后，我就感到发冷。我越走越冷，越走越冷，一直冷得我全身起了鸡皮疙瘩。我想退回原地，因为我想回到那里便能遇到原来的热气。然后，走不了几步我就发现，这寒气是从我自己的身上、从我自己的血液里发出来的。这时，我才发觉自己受惊了。我听到广场上人声鼎沸，心想我到了人堆里，我的恐惧便会减少。正因为这样，你们才在广场上见到了我。这么说，多尼斯还是回来的了？那女人却断定永远也见不到他了呢。"

"我们见到你的时候已经是早晨了。他不知从什么地方来的，我也没有问他。"

"这就不管它了。我到了广场，走到一个门柱边。我发现那里空无一人，尽管我仍然听到像赶集时那么多的人语声。这种毫无来由的声音也像夜风吹动树枝发出的声音，然而那里见不到树，更没有树枝了，可是仍听到这种声音，就像这样。于是，我不再朝前走。我开始感到像蜂群一样压得紧紧的嗡嗡声向我靠近，在我周围转着圈子。最后，我终于听清了几个几乎没有杂音的字眼：'替我们求求上帝吧。'这就是我听见他们对我说的话。这时，我的灵魂冷得结成了冰。因此，你们发现我时我已死了。"

"你当初还是不离开故乡好呢，你干吗要到这里来？"

"我一开始已经对你说过了嘛，我是来找佩德罗·巴拉莫的，看样子他就是我的父亲。是幻想把我带到这里来的。"

"幻想？这幻想的代价真高。幻想使我白白地多活了一些时日，以此偿还了为找到儿子欠下的这笔债。其实，说起我的儿子也只是一种幻想而已，因为我从来也没有过儿子。眼下我既然已经死了，也就有时间来进行思考，来了解发生的一切事情了。上帝连保护我儿子的窝也没有给我一个，他只给了我一段艰苦的生活。我带着两只伤感的眼睛，东奔西走，平时总是偷眼看人，好像在人们身后寻找着什么，心里一个劲儿地猜疑有人藏匿了我的儿子。这一切都是一场该死的梦引起的。我曾经做了两场梦，其中一场我叫它为'美梦'，另一场称它为'噩梦'。在第一个梦里我梦见自己生了个儿子。在我活着的那些时日里，我从来没有怀疑过这是不是真的，因为我感到儿子就在我怀抱中，细皮白肉的，有嘴和眼睛，还有手。在很长的时间里，我在手指上仍能感觉到他睡着了的双眼和心脏的跳动。这怎么不叫我去想这事情是真的呢？我将孩子包在我的头巾里，走到哪里就抱到哪里，然后，突然间我失去了他。到了天上人们对我说，他们搞错了：他们给了我一个母亲的心，却只给了我一个普普通通的子宫。这是我做的另一个梦。我到了天堂，探身进去看看是不是在众天使中能认出我儿子的脸蛋。一点也认不出来，天使的面孔都是一模一样的，像是由同一个模子铸成的。于是，我发问了。其中一个圣徒向我走来，一言不发就将一只手伸进我的胃里，就像伸进一堆蜡里一样。手拿出来后，他给我看一个核桃壳模样的东西：'这个东西证实了对你表明的那件事。'

"你知道天上的人讲话多么稀奇古怪，但他们的意思还能听懂。我想对他们说，那个东西是我的胃，它因饥饿，因食不果腹而变得皱皱巴巴的。他们中间的另一个圣徒在我肩膀上推了一把，并指着出口处的门对我说：'你到尘

世间再去休息一会儿吧，孩子，你要努力成为好人，这样，你在炼狱里的时间就不会那么长。'

"这是我做的一场'噩梦'。通过这场噩梦，我终于明白，我从来没有过儿子。但我知道这一点却为时已晚，这时，我的身躯已经萎缩，脊椎骨已从头上露了出来，路也走不动了。最不可救药的是，村庄逐渐变得冷冷清清的，村子里的人都上别的地方去了。我本来靠别人施舍过活，但人们一走，这条活路也没了。我只好坐下来等死。自从遇见你后，我这把骨头才决心冷静下来。我想：谁也不会理睬我的。我不会给任何人找事，你看到了吧，死后我连地也不占一块。人们将我埋在你的墓穴里，正好搁在你的双臂之下。只是我认为，抱住你的应该是我。你听到了吗？外面在下雨。你没有听到雨滴声吗？"

"我觉得好像有人在我们头上走过。"

"你别害怕，现在谁也不会使你害怕了。你得想一些愉快的事情，因为我们将会被埋葬很长的时间。"

　　黎明时分，巨大的雨滴落向地面。雨水落到田畦松软的尘土里，发出嗡嗡的声音。一只顽皮的鸟儿擦地飞过，还学着婴儿的哭声呻吟；飞到远一点的地方时，又听它发出好像感到疲劳一般的呻吟声；再往前飞，飞到了天地相连的地方，它打了一个饱嗝，然后放声大笑，接着又是一阵呻吟。

富尔戈尔·塞达诺闻到了泥土味。他伸出脑袋看看雨水有没有冲走田畦里的那层表土。他的一双小眼睛乐了。他一连吸了三口芬芳的泥土味，笑得牙齿都露出来了。

"嘿，"他说，"今年我们又赶上了个好年景。"接着，他又说："下吧，雨儿，下吧，下个透吧。下完这边再下到那边。记住，整个庄稼地我们都翻耕了，只等你来尽情地下了。"

说完，他纵声大笑。

那只顽皮的鸟儿已经飞遍田野后回来了。它几乎在他的眼前飞过，发出一阵撕心裂肺的呻吟声。

雨越下越紧，一直下到开始出现曙光的天空又密布阴云，那已经离去的黑夜好像又回来了。

被风雨浸过的半月庄大门一打开，就吱吱地响了起来。先从门内出来两个骑马的人，接着又出来两人，后来又出来两人，这样成双成对地一共出来两百个骑马的人。

他们四散驰向雨水蒙蒙的田野里。

"要把恩美蒂奥牧场的牲口赶过爱思塔瓜的另一边，把爱思塔瓜的牲口赶到比尔马约那边的山丘上，"随着这些骑马的人陆续向外奔驰，富尔戈尔·塞达诺吩咐他们说，"让牲口走快点，大雨快来了。"

这番话他重复了那么多次，以至于走在最后的几个人只听到："从这里到那里，再从那里到更远的地方。"

每个骑马的人都把手举到帽檐上，表示已听懂了他的意思。

最后一个骑马人刚走，米盖尔·巴拉莫就疾驰而来。他还没有等马停下来，便在富尔戈尔的面前跳下马来，让牲口自己去寻草料吃。

"刚那会儿你去哪儿了，年轻人？"

"刚去压榨人啦。"

"压榨谁？"

"你还猜不着？"

"一定是那个'古拉卡'多罗脱阿，只有她才喜欢孩子。"

"你是个白痴，富尔戈尔。不过，这也不能怪你。"

他没有摘下马刺便去吃午饭了。

在厨房里，达米亚娜·希斯内罗斯也向他提出了同样的问题：

"你刚去哪儿了，米盖尔？"

"去那边，去拜访老娘们去了。"

"我不希望惹你生气，请你原谅我。鸡蛋你喜欢怎么吃？"

"随你的便吧。"

"我是跟你说正经话，米盖尔。"

"我懂，达米亚娜，你别操这份心。听着，你认识一个名叫多罗脱阿，绰号叫'古拉卡'的女人吗？"

"认识。你要见她的话，她就在外面。她总是一大早就来这里吃早饭。就是那个总是抱着一个用头巾包的线团，拍打着说这就是她儿子的女人。她过去好像发生过什么不顺心的事，可是，由于她从来不说，谁也不知究竟发生过什么。她靠乞讨度日。"

"这个该死的老东西！我要给她点颜色看看，弄得她头昏目眩。"

他沉思起来，在考虑着那个女人是不是对他有点用处。接着，他毫不犹豫地径自朝厨房的后门走去，叫了声多罗脱阿，对她说：

“过来，我有桩买卖想跟你谈一谈。”

谁也弄不清他会跟她谈什么事。只见他回到厨房，搓着双手说：

“快把鸡蛋拿来！”他对达米亚娜嚷道。接着，他又说：“从今以后，我吃什么，也给这个女人吃什么。你再忙也别跟她过不去。”

这时，富尔戈尔·塞达诺已去粮仓查看还有多少玉米去了。玉米越吃越少，他很担心，因为还要过些时候庄稼才能收上来。说实在话，庄稼才下种不久呢。“我想看看玉米还够不够吃。”接着，他又说，“这年轻人哪，和他老子一模一样；可是，他开始得太早了。我认为他这么干是不会有好结果的。我还忘了对他说，昨天有人来指控他，说他杀了一个人。他要这样下去……”

他叹了一口气，头脑中试图想象那些牧人此时已到什么地方了。但这时米盖尔·巴拉莫的那匹栗色小马驹吸引了他的注意力。这马正在用它的嘴擦着马具。连马鞍也没有卸，他想，他是不会干这号事的。堂佩德罗对人至少比他专一，也有安宁的时刻，虽说他对米盖尔太百依百顺了。昨天我将他儿子的所作所为告诉他，他对我说：“你就当作那些事情是我干的吧，富尔戈尔。他是不会干出这种事来的，因为他还没有力气杀人。干这样的事，要有这么大的胆才行。"他用双手比画成南瓜的形状。"他的所作所为都由我来负责。"

"米盖尔会让您头痛的，他喜欢吵架。"

"随他去吧，他还是个孩子呢。他几岁了？大概是十七岁吧，是吗，富尔戈尔？"

"可能是吧。我记得把他带到这里来，仿佛是昨天的事；可他现在是这么粗暴，干事总是这么慌慌张张，有时我还以为他在同时间赛跑呢。他最后总会毁了自己的，您会看到这一点的。"

"他还是一个娃娃嘛，富尔戈尔。"

"也许如您说的那样，堂佩德罗。但昨天来这里哭哭啼啼的这个女人却说您儿子打死了她的丈夫，因此，她非常悲伤。我是会衡量人的痛苦的，堂佩德罗。这个女人内心的痛苦要以公斤计算。我答应给她五千升玉米，让她忘掉这件事，但她不要。我又答应她，我们一定想办法弥补伤害，她也不满意这样的说法。"

"这女人是谁？"

"我不认识。"

"那就不用这么着急了，富尔戈尔，这个人并不存在。"

富尔戈尔来到粮仓，感到玉米在散发着阵阵热气。他双手捧起一捧玉米，看看有没有被蛀虫咬过。他量了量粮仓内玉米的高度。"够吃了，"他说，"等到牧草长起来后，我们便不用玉米喂牲口了。粮食还绰绰有余呢。"

　　在回家的路上，他仰望满是阴云的天空说："雨会下很长一段时间的。"说完，他把其余的一切都抛到脑后去了。

　　"外面该在变天了。我母亲对我说过，天一下雨，万物便有光泽，还会散发出绿色嫩芽的气息。她还常常对我讲述那海潮般的滚滚乌云如何来临，如何向地面压来，冲毁土地，使泥土改变颜色……我妈妈在这个村庄里度过了她的童年和她最美好的岁月，但是，连到这里来死她也办不到，甚至只好叫我代她到这里来，真是咄咄怪事。多罗脱阿，我怎么连乌云也看不到呢，哪怕是她生前熟悉的那些云彩呢。"

　　"我也不知道，胡安·普雷西亚多。我已有好多年没有仰面观天了，我连天空也忘记了。即使我这样做了，我又能看到什么呢？天是如此之高，我的两只眼睛又是这么无神，我能知道地在哪里便心满意足了。再说，自从雷德里亚神父对我说，我永远也进不了天堂后，我对一切都失去了兴致，他还说我甚至远远看一眼天堂也不行……这都是由于我作了孽。然而，他也不该把这些事都告诉我。没有这些事日子本来就不好过，眼下唯一促使我动动脚的是我还抱有这样的希望：我死后人们会把我从一个地方搬迁到另一个地方。可是，我这边的门已给关死，另一边的门虽开着，却通向地狱，真还不如当年没有降临到这人世……胡安·普雷西亚多，天堂对我来说，就是我现在所在的这个地方。"

"你的灵魂呢，你认为它已经到什么地方去了？"

"它一定和其他许许多多灵魂一样，在世界上飘零，寻求活人替它祈祷。它也许由于我待它不好而仇恨我，但这点我就不去操心了，过去我有个坏习惯，那便是时常感到内疚，而现在我的内心已恢复了安宁。过去连我吃得太少都使我感到痛苦，夜晚令我难以忍受，因为它用各种罪人的形象和诸如此类的东西使我思绪不安，烦躁不安。在我坐下来等死的时候，灵魂却请求我站起来，继续过那种不死不活的日子，好像还在等待着某种奇迹来洗刷我的罪过。我根本没这个打算。'这里已无路可走了，'我对它说，

'我已经再也没有力气活下去了。'于是，我张开嘴，让灵魂出去，它就这样走了。当那将灵魂和我的心捆在一起的一缕鲜血掉到我手上时，我就感觉到了。"

　　有人在敲门，但他没有去应。接着，他听见所有的门都敲响了，把人们都惊醒了。富尔戈尔（根据脚步声他认出是他）朝着大门跑过来，停了一会儿，似乎打算再一次敲门。接着，他又继续奔跑。

　　杂乱的人声。似负重般缓慢移动着的脚步声。

　　模糊不清的喧闹声。

　　他回忆起他父亲去世时的情况。也是在这样一个清晨，尽管那时门是敞开着的，门外天空呈现死灰色，显得十分凄凉，正如当时所有人的心情。一个妇女倚在门边，强忍住哭泣。这是一位母亲，他已将她遗忘，且遗忘过多次。她对他说："有人杀了你爸爸！"她的声音很微弱，断断续续，只有抽噎声将它连缀起来。

　　他从来也不愿唤起这段回忆，因为这又会唤起其他的回忆，就像是撕破了一只里面装满谷物的麻袋一样，谷物会漏出来，而他却想堵住漏洞。他父亲的死引起了其他人的死亡，这每个人的死又总是与被打破的脸庞这一形象联系在一起；一只眼睛打烂了，而另一只眼中闪着复仇的目光。一只又一只被打烂了的眼睛，直到他不再能想起任何人，那种脸庞才从他的记忆中消失。

"在这儿把他放下吧！不，这样不行，得让他的脑袋朝后，把他抬进去。你，你还等什么！"

说话的声音都很轻。

"他呢？"

"他睡着了，别吵醒他，别弄出声音来。"

他站在那里，体型高大，注视着人们把一个用旧麻袋包裹的尸体从外面抬进来。它被绳索捆绑着，好像穿了寿衣一样。

"这是谁？"他问。

富尔戈尔·塞达诺走到他身边，对他说：

"是米盖尔，堂佩德罗。"

"他怎么了？"他嚷了起来。

他在等待着听到"他被杀了"，并已预见到自己将要火冒三丈，发出仇恨的怒吼。但他听到的却是富尔戈尔那温和的话语。他对佩德罗说：

"谁也没有惹他，是他自己遭遇死亡的。"

煤油灯照亮了黑夜。

"……是马害死他的。"有人讨好地说。

人们把米盖尔放在床上。先把床垫丢在地上，剩下几块光床板，再把尸体放在床板上，这时用来绑扎尸体的绳索已经被解开了。他们把他的双手搁在胸前，给他脸上盖了一块黑布。"看起来他比原来的个儿还大一些。"富尔戈尔·塞达诺暗暗地说。

佩德罗·巴拉莫面部没有丝毫表情，像是走了神。他头脑中此时却思绪万端，一个念头接着另一个念头，但后面的想法总是跟不上也接不上前面的想法。最后他说：

"我正在付出代价。还是早点开始好，这样可以早点了结。"

他没有感到痛苦。

他跟聚集在院子里的人们讲话，感谢他们的陪伴。在妇女们的一片呜咽声中他提高了嗓音，话语滔滔不绝，连气也不喘一下。后来，那天晚上只听到米盖尔·巴拉莫那匹栗色小马驹的马蹄声。

"明天你派人把这只畜生宰了吧，别让它再受罪了。"他命令富尔戈尔说。

"好的，堂佩德罗，我明白您的意思。这可怜的畜生一定感到非常痛苦。"

　　"我也是这样想的，富尔戈尔。你顺便跟这些女人说一下，叫她们不要再这么哭哭啼啼了，她们为我家中死去的人哭得够多的了。要是她们自家的人死了，反倒不会哭得这么来劲了。"

　　雷德里亚神父很多年后将会回忆起那个夜晚的情景。在那天夜里，硬邦邦的床使他难以入睡，迫使他走出家门。米盖尔·巴拉莫就是在那晚死去的。

　　他走过科马拉几条空寂的街道，脚步声把在垃圾堆里东闻西嗅的几条狗给吓跑了。他走到河边，停下来看了会儿正从天空中落下来的星星在积水中的倒影。他花了好几个小时，跟自己头脑中的一些想法斗争，终于将这些念头摒弃在了发黑的河水里。

　　事情是从佩德罗·巴拉莫由地位卑微的人跃升为有地位的人开始的！他想，他像一棵毒草一样往上长。事情坏就坏在这都是因为我："神父，我有罪，昨天我跟佩德罗·巴拉莫睡过觉了。""神父，我有罪，我跟佩德罗·巴拉莫有孩子了。""我有罪，我把女儿给了佩德罗·巴拉莫了。"我一直等待着他来忏悔，但他从来没有这样做。而后他又将这作恶之手伸向了他生的这个儿子。他为什么会认了这个儿子，原因只有上帝才知道。我只知道这小东西是由我交到他手里的。

神父还清楚地记得那天他把刚生下来的孩子送到他家，对他说：

"堂佩德罗，孩子的妈妈一生下他就咽气了。她说这孩子是您的，现在给您。"

他对此毫不怀疑，只是对神父说：

"您干吗不将这孩子留给自己，神父？让他将来也当神父吧。"

"这孩子有这样的血统，我可不想承担这个责任。"

"您真的认为我有不良的血统？"

"真的这样认为，堂佩德罗。"

"我将向您证明，这不是真的。您把孩子放在这里吧，这里有的是照看他的人。"

"我也是这样想的。有了您，他起码不会缺吃少穿的。"

那婴儿小小的，像条毒蛇那样蜷曲着。

"达米亚娜，你来负责这件事。这是我的孩子。"

接着，他打开了酒瓶：

"为了那死去的女人，为了您，我来干这一杯。"

"不为他干杯？"

"也为他，为什么不为他呢？"

他又满斟了一杯，他俩为婴儿的未来一饮而尽。

事情的经过就是这样。

去半月庄的牛车驶过。他弯着腰躲在河边筑起的弯弯曲曲的堤坝后面。"你这是在躲谁？"他自己问自己。

"再见了，神父！"他听到有人对他说话。

他从地上站起来，回答说：

"再见，愿上帝保佑您！"

村庄里的灯光正在熄灭，河水里闪烁着光彩。

"神父，天亮了吗？"另一个车夫问道。

"大概已亮了好一会儿了。"他回答说。他朝着和他们相反的方向走去，没有停步的打算。

"这么早您上哪儿去，神父？"

"那个快咽气的人在哪儿，神父？"

"康脱拉死了人了吗，神父？"

他本来想回答说："是我，我就是死者。"但他只是笑了笑。

他一走出村子，便加快了步伐。

那天早上晚些时他才回家。

"您上哪儿去了，伯父？"他侄女安娜问道，"不少女人来找过您。明天是第一个星期五，她们都想找您忏悔。"

"让她们夜里再来吧。"

他坐在走廊里的一条凳子上，平静地坐了一会儿。他感到疲惫不堪。

"天气很凉爽，安娜，不是吗？"

"天很热，伯父。"

"我不觉得热。"

他根本不愿去想曾经去过康脱拉的事。在那里他向主教先生做了全面的忏悔。尽管他再三请求，主教还是不肯赦他无罪。

"那个你不愿提到他名字的人毁了你的教堂，而你却容忍了他。对你还能指望些什么，神父？你借助上帝的威望干了些什么呢？我愿意相信你是好人，相信你在当地受到众人的尊重，但光做好人还不够。罪孽是坏事，要消灭罪孽，一定要狠，要不讲情面。我愿意相信众人仍然是信徒，但使他们保持这种信仰的不是你，他们所以信教是出于迷信，出于害怕。我还想和你共度贫困岁月，与你分担每天要完成的工作和要履行的职责。我们在这些贫困的村庄中成了被弃之人，我知道在这里完成使命是多么困难，但这一事实本身使我有权对你说，不要为那些只给你一点小恩小惠，却要换取你灵魂的人服务。你的灵魂一旦操控在他们的手中，你还能做些什么呢？你还能比那些本就好于你的人还要好吗？不，神父，我的双手还没有洁净到足以赦免的地步，你得去另一个地方寻求宽恕。"

"主教先生，您的意思是说我得离开此地吗？"

"必须离开此地。你犯下了罪孽，你就不能继续向他人宣讲教义。"

"那是不是要停止我的职务？"

"我觉得不会，尽管你也许是咎由自取。这要由他们来决定。"

"您能不能……比如说，临时的……因为我那村子里死了许多人，我还得给他们涂圣油……还得给圣餐，主教先生。"

"神父，你还是让上帝去裁判死者吧。"

"这就是说您不同意？"

康脱拉的主教先生说不同意。

接着，他俩在教区内有杜鹃花遮阴的走廊上散了一会儿步。他们坐在一个葡萄架下，葡萄已经成熟了。

"葡萄是酸的，神父，"主教先生抢在他要提问之前说，"感谢上帝，我们生活在一块应有尽有的土地上。可这里的一切都是酸的，我们注定如此。"

"您说得对，主教先生。我在科马拉曾试着种过葡萄，但没有成功。那里只长番石榴和橘子树，也不过是一些酸番石榴树和酸橘子树。我现在已经忘记甜食的味道了。您还记得当年我们在神学院里的那些中国石榴吗？还有桃子和那些只要一捏就能剥开皮的橘子。我带来了一些种子，数量不多，只有一小袋……后来我想，既然带来种在这里也活不了，倒不如不带到这里来，让它在那里成熟更好。"

"神父，可是有人说，科马拉的土地是好的，遗憾的是这些土地只掌握在一个人手里。这些土地的主人仍然是佩德罗·巴拉莫，是吗？"

"这是上帝的意志决定的。"

"我并不认为上帝会来干预这样的事。你不这样认为吗，神父？"

"有时我也怀疑过，但那边的人承认这一点。"

"在这些人中间有你吗？"

"我是个可怜人，一旦觉得有必要做什么事，就做好了卑躬屈膝的准备。"

之后，他俩便分手了。他捧起主教的双手，吻了吻。不管怎么说，他此时此地已回到现实中来了，他已不愿再去思考今天早晨在康脱拉发生的事。

他站起身来，朝门口走去。

"您上哪儿去，伯父？"

他侄女安娜总是在他身边，和他形影不离，好像以此来保护自己的生命。

"我出去散一会儿步，安娜。看看是不是这样我就会裂开。"

"您觉得不舒服吗？"

"倒不是不舒服，安娜。而是坏，一个坏人。我感到自己是这样的人。"

他来到半月庄，向佩德罗·巴拉莫表示哀悼。他又一次听到佩德罗·巴拉莫请求他原谅，原谅人们对他的儿子的种种责难。神父让他讲下去，因为归根到底，这已经没有什么重要的意义了。佩德罗·巴拉莫请他吃饭，他拒绝了：

"不行啊，堂佩德罗，我得早点上教堂，因为有一大批妇女在忏悔室里等着我，下次吧。"

他慢腾腾地走了。天快黑时，他身上积满灰尘，一副寒酸相，和平时一样径自走进教堂。接着，便坐下来接受忏悔。

第一个走过来的是老太婆多罗脱阿。她每次总是在教堂门口等待教堂开门。

他闻到她身上有一股酒味。

"怎么搞的，你喝醉了？什么时候开始喝酒的？"

"神父，那天我为米盖里托守灵，他们弄得我六神无主，拼命让我喝，让我出尽了洋相。"

"你每次总是说这么几句话，多罗脱阿。"

"可我这次是带着罪孽来的，罪孽多得很呢。"

他有好几次对她这样说过："你不要忏悔了，多罗脱阿，你到这里来只是浪费我的时间。你是不会犯什么罪孽的，哪怕你有这样的打算。你把这活让给别人吧。"

"这次我是真的来忏悔的，神父，这次是真的。"

"那你说吧。"

"反正我现在也不会对他有半点伤害了。我对您说，为已去世的米盖里托·巴拉莫搞到姑娘的那个女人就是我。"

头脑中思绪纷繁的雷德里亚神父犹如大梦初醒，他几乎是习惯性地问道：

"从什么时候开始的？"

"从他长成个小伙子时就开始了，从他出了疹子时就开始了。"

"请你把刚才说的话再说一遍，多罗脱阿。"

"我就是给米盖里托搞姑娘的那个女人。"

"是你把姑娘们带去的吗？"

"有时是这样的，有时只替她们谈好价码，还有几次只告诉他方法：就是说，把姑娘们独处的时间告诉他，在这个时间里，他可以放心大胆地逮住她们。"

"她们的人数很多吧？"

他本来不想提这个问题的，这个问题也是习惯性地提出来的。

"多得我都记不清数目了，实在太多了。"

"你想我对你做什么呢，多罗脱阿？你给自己评判一下吧，看看能不能原谅你自己。"

"我不能宽恕自己，神父。然而，您能宽恕我，因此，我来这里见您。"

"多少次你到我这儿来，求我在你死后将你送上天堂？你不是想到那里去看看能不能找到你儿子吗，多罗脱啊？那好，我告诉你，你再也不能上天堂了。但愿上帝能宽恕你。"

"谢谢，神父。"

"对，我也以上帝的名义原谅你了，你可以走了。"

"您不给我规定怎么赎罪吗？"

"不需要，多罗脱阿。"

"谢谢，神父。"

"愿上帝与你同在。"

他用手指节敲了敲忏悔室的小窗子，叫下一个女人进来。当他听到那女人讲"我有罪"的时候，他的脑袋好像支撑不住似的往下垂。接着是一阵眩晕，心慌意乱，好像感到自己逐渐溶化在脏水里；接着，又感到灯火在旋转，白天的阳光全都消散，舌头上出现了血腥味。"我有罪"，这句话一次又一次地重复着，越听越响亮，最后，只听到："千秋万代，阿门"，"千秋万代，阿门"，"千秋万代……"。

"别说了，"他说，"你有多久没有来忏悔了？"

"两天，神父。"

他再次待在那儿，好像他的周围都是不幸。你待在这里干什么？他想，休息吧，休息去吧，你累了。

他从忏悔室的椅子上站了起来，径自朝法衣室走去。

他头也不回地对那些等候他的人说：

"所有自认为没有罪孽的人明天都可以来领圣餐。"

在他身后只听到一阵喃喃的人语声。

我就睡在多年前我母亲去世的这张床上，睡在同一条褥子上，盖的是我们母女俩睡觉时一起盖过的那条黑羊毛毯。那时，我就睡在她的身边，睡在她胳膊下腾出的一小块地方。

我认为我还能感觉到她那不慌不忙的阵阵呼吸，感到心脏的搏动和她用来哄我入睡的叹息声。我认为我仍感到她死去时的痛苦……

但这一切都是假的。

现在我却在这里，仰面躺着，想着那时的情景，以忘却我的孤寂。因为我在这里不仅仅只躺一会儿，也不是躺在母亲的床上，而是躺在人们用来埋葬死者的黑箱子里，因为我已经死了。

我能感到我在哪儿，我想起……

我想起那柠檬成熟了的时刻；想到那二月的风，它在欧洲蕨因缺乏照料而枯干前，就折断了它的茎；想起了那些成熟了的柠檬，整个老院子都充满着它们的气味。

二月的清晨，风从山上向下吹，云彩则高高在上，等待着有一个好天气，让它们降临山谷。这时，碧空下，阳光普照，与风嬉闹，在地上卷起阵阵旋风。尘土飞扬，使柑橘树的枝条摇晃起来。

麻雀在欢笑；它们啄食着被风刮下来的树叶，欢笑着；从雀儿身上落下来的羽毛残留在树枝的毛刺上，它们追逐着蝴蝶，欢笑着。就在这样的季节里。

我记得二月里每天早晨都有风，到处是麻雀和蓝色的日光。

我记得，我母亲是在那个时候去世的。

说什么我那时应该哭喊，说什么我的双手应该因紧紧抓住她那绝望的心而粉碎！你原本是希望我当时是这个样子的。然而，难道那不是一个令人愉快的早晨吗？风从敞开着的大门吹进来，折断了常春藤的枝条。我腿上静脉之间的汗毛都竖起来了，我的双手一碰到我的胸部便轻微地抖动起来。雀儿们在戏耍，山丘上麦穗在摇晃。令我伤心的是她再也不能看到风儿在茉莉花丛中嬉闹；令我伤心的是在白天的阳光下她也闭上了眼睛。不过，我为什么要哭呢？

你不记得吗，胡斯蒂娜？你把椅子排在走廊上，让来看她的人依次坐着等。这些椅子都没有人坐。我母亲孤单地躺在烛影下，脸色苍白，她深紫色的嘴唇因青紫的死亡而变得僵硬，从中微微露出洁白的牙齿。她的睫毛一动不动，心脏也停止了跳动。我俩待在那里，没完没了地祈祷着，但她却什么也听不到，你我也什么都听不到，一切全都消失在夜风的巨响中。你熨了熨她那件黑衣，给衣领和袖口上了浆，让她那两只交叉安放在已经冷了的胸口上的手看起来像是干净的。我曾经在她年迈的温暖胸脯上睡过觉，它曾哺育过我，也曾跳动着哄我入眠。

谁也没有来看她，这样倒更好。死亡并不像什么好事那样可以分发。谁也不会来这里自找悲伤。

有人敲门，你出去了。

"你去看看，"我对你说，"在我的眼中人们的脸都是模模糊糊的。你让他们走吧。他们是来要格利高里弥撒的钱的吗？她死时一文钱也没有留下。你把这个情况告诉他们吧，胡斯蒂娜。不给她做这样的弥撒是不是她就出不了炼狱？审判的人又是谁呢，胡斯蒂娜？你说我发疯了？发疯就发疯吧。"

你排在走廊上的那些椅子，直到我们雇人将她的遗体埋葬的那一天仍然没有人来坐过。我们雇来的人对他人的痛苦无动于衷，他们汗流浃背地扛着与己无关的一件重物。他们以其职业所特有的耐心慢腾腾地放下棺木，用潮湿的沙土堆起了一座坟墓，凉风吹得他们振作了精神。他们的目光是冷冰冰的，漠不关心的。他们说，该付多少钱，于是，你就像一个购物的顾客那样付款给他们。你摊开泪珠沾湿了的手帕，这块手帕给拧了又拧，挤了又挤，它现在包着送殡用的钱。

　　雇来的这些人一走，你就在她脸部安放过的地方跪下来，亲吻着这块土地。要不是我对你说："我们走吧，胡斯蒂娜，她已经在另一个地方了，这里只是一个死去了的尸体。"不然，你会把那块土地吻成一个小土坑的。

　　"刚才说这一番话的人是你吗，多罗脱阿？"

　　"你说是谁？是我？我刚才睡了一会儿。还有人在吓唬你吗？"

　　"我听到有人在说话，是女人的声音，便以为是你。"

"女人的声音？你以为是我？一定是那个自言自语的女人，在那座大坟里，她叫苏萨娜太太，就埋葬在我们旁边。大概是潮气侵袭到她了，这会儿大概在梦中翻身呢。"

"她是什么人？"

"是佩德罗·巴拉莫最后一个妻子。有的人说她疯了，有的人说她没有疯。她活着的时候就常常自言自语，这倒是真的。"

"她大概死了好久了吧？"

"嗯，是死了多年了。你听到她说些什么了？"

"是有关她母亲的一些事情。"

"可是，她压根儿就没有母亲……"

"不过她是在说这方面的事。"

"……那么，或许，至少她来时并没有将母亲带来。哦，请等一等，我想起来了。她是在这里出生的，但她的父母早就不见了踪影。对，她母亲是害痨病死的。她是个脾气古怪的太太，常常生病，和谁也不交往。"

"她也是这么说的，说她妈妈死时谁也没有去看她。"

"可她说的大概是什么时候？当然，单单是因为大家害怕传染上痨病，谁也不会上她家里待上一会。这该死的女人倒还记得这些事情啦。"

"她是这么说的。"

"你再听到她说话时告诉我一下，我很想知道她说些什么。"

"你听到了吗？好像她又想说什么了，那里有细语声。"

"不，这不是她。这声音是从更远的地方传来的，这是男人的声音，是从另一个方向传来的。问题是这些年深日久的死人，一旦受潮气的侵袭，就要翻身，就会醒来。"

天堂是宽广的。那天夜里上帝和我同在。要不然，谁知道会发生什么事情呢，因为我复活的时候，已是夜间了……

"你听得更清楚了吧？"

"是的。"

……我全身是血，身子一伸直，我双手便沾上了在石头上四处流淌的血。这是我的血，大摊大摊的血。但我并没有死，我自己感觉到了这一点。我明白，堂佩德罗并没有杀害我的意图，他只是想吓唬吓唬我。他想了解一下我两个月前有没有去过比尔马约，在圣克利斯托瓦尔节，在一次婚礼上。在什么婚礼上？在哪个圣克利斯托瓦尔节？我鲜血四溅，问他："在哪一次婚礼上，堂佩德罗？"不，不，堂佩德罗，我并不在场。万一在场，也只是路过，可是，那纯属偶然……他并没有杀害我的意图。他只是如你们见到的那样让我成了跛子，如果你们愿意的话，也可以说我成了个独臂人，但他没有杀死我。有人说从那时起，由于受了惊，我的一只眼睛斜视了，但我确实变得更富有男子气了。天堂是宽广的，谁也不会怀疑这一点。

"这是谁？"

"你会知道的，他是许多人中间的一个。佩德罗·巴拉莫自从父亲遭人杀害后，杀死了许许多多人，听说他几乎把参加婚礼的人统统杀了。在那次婚礼上堂卢卡斯·巴拉莫是准备担任证婚人的。那颗子弹只是在弹回来的时候碰上他了，因为看样子那子弹是针对这位新郎的。由于永远也弄不清击中其父的这颗子弹来自何方，佩德罗·巴拉莫就来了个不分青红皂白，格杀勿论。这件事发生在比尔马约山上，那个地方过去有几座小茅屋，现在连痕迹都没有留下……你瞧，现在是她在说话了。你年轻，耳朵好，注意听，等会儿把她讲的话告诉我。"

"她说的话听不懂。她似乎不在说话，只是在唉声叹气。"

"她叹什么气？"

"这谁知道呢。"

"总有个原因吧，谁也不会无缘无故地呻吟。你竖起耳朵听听。"

"她只是在叹息，仅此而已，也许是佩德罗·巴拉莫使她感到痛苦。"

"你不会相信的，他是爱她的，我的意思是说，他从来没有像爱她那样爱过一个女人。她嫁给他时已受尽了磨难，也许已经发疯了。他是那样地爱她，以至于她死后他彻底地垮了，往后的日子他就成天地坐在一把皮椅上，眼睁睁地看着送她去墓地的那条道。他对一切都失去了兴致。他舍弃了他的土地，叫人烧毁了他家的农具。有的人说，这是因为他活腻了，也有人说是由于他绝望了。反正他把家里人都赶了出去，自己坐在皮椅上，脸朝着那条大路。

"自从那时起，土地荒废了，好像成了一片废墟。这些土地无人管理后，虫害蔓延，满目疮痍，看上一眼就令人伤心。从那里到这里，这整个地方人烟绝迹了。人们各奔东西，各找前程去了。我还记得那几天在科马拉四处都能听到'再见了'的告别声。我们甚至认为，为离开这里的人们送行，这是一件愉快的事。人们是抱着还要回来的想法走的。走时他们把各种家具和眷属托我们照看。后来，有的人派人来接家眷，却没有来要家具。再往后他们似乎将村庄和我们都忘记了，甚至连他们的东西也忘记了。我是因为没有地方可去，才留下来的。还有一些人留下来是为了等佩德罗·巴拉莫死。据他们说，佩德罗·巴拉莫曾经答应死后由他们继承产业。有些人就是抱着这样的希望住在那里。可是，一年一年地过去了，他还是活着，好像是个驱赶鸟儿的稻草人，守着半月庄这块土地。

"正当他行将就木的时候，打起仗来了。打的是什么'基督之战'[1]。军队把留在村里的那少数几个人都给招募走了。我正是在那个时候开始饿肚子，最后饿死的。从那时起，就再没有人和我做过伴。

"这都是堂佩德罗的主意和他那灵魂的煎熬所造成的结果。而这一切又仅仅是由于死了他那个叫苏萨娜的女人。他是不是爱她，你该想象得出来了吧。"

说话的人是富尔戈尔·塞达诺。

1　指基督派的暴乱。1926—1928年卡雅斯任总统期间，教会与墨西哥政府之间发生冲突，酿成内战。

"老爷，您知道是谁在这一带游荡吗？"

"谁？"

"巴托洛梅·圣胡安。"

"他要干什么？"

"我也这样问自己，他来干什么？"

"你没有调查过吗？"

"没有。有必要说一下情况。他没有找房子，直接到您的旧居去了。他在那里下马后，搬下行李，好像您事先早已把房子租给了他似的。至少在我看来他有这个把握。"

"那你是干什么的，富尔戈尔？你不调查一下发生的事？你不是负责这方面事情的吗？"

"我刚才说的事情连我自己也不太清楚。不过，既然您认为有这个必要，我明天就去调查清楚。"

"明天的事就交给我来办吧，我来负责处理他们的事。他们两人都来了吗？"

"来了，他和他女人都来了。可您怎么会知道的？"

"那女人不会是他女儿吧？"

"根据他对她的态度，倒更像是他老婆。"

"你去睡吧，富尔戈尔。"

"如果您允许的话。"

"我等你回来已等了三十年了，苏萨娜。我希望得到所有的一切，而不是其中的一部分。我希望得到能得到的一切，这样，除了你的愿望之外，我们就没有别的愿望了。我曾经多少次邀请你父亲搬回这里来。我对他说，我需要他，为此，我甚至还骗了他。

"我答应任命他为管家，只要能再次见到你。而他是怎么回答我的呢？'他没有答复，'送信人总是这样对我说，'每当我把信交给堂巴托洛梅先生的时候，他就撕掉了。'从这送信的小伙子口中我知道你已结了婚，不久，我们又获悉你已守寡，又去与你父亲做伴了。"

接着是一片寂静。

"这送信人来来往往，每次回来总是对我说：

"'我找不到他们，堂佩德罗。人们对我说，他们已离开了莫斯科塔。有人对我说他们去这儿了，又有人说他们去那儿了。'

"我对他说：

"'你要不惜一切代价找到他们，就是大地将他们吞了也要找到他们。'

"直到有一天送信人来对我说：

"'我走遍了整个山区，打听堂巴托洛梅·圣胡安的藏身之地。后来我终于找到了。他躲在一个山洞里，住在一个用树干撑起来的小洞中，就是在拉安特罗梅达的废矿那里。'

"当时刮起了阵阵怪风。听说有人搞武装暴乱，谣言也传到了我们这里。这就使你父亲到这里来了。他在信中对我说，他想把你带到一个有人居住的地方，这倒不是为他本人着想，是为了你的安全。

"我觉得天门已开，我精神十足地向你奔去，想使你被快乐所环绕，让你耳中充满我的哭声。我哭了，苏萨娜，当我知道最终你将回来的时候。"

"苏萨娜，有些村庄有种不幸的滋味。和一切陈腐的事物一样，只要吸了那一点点陈腐麻木、贫乏稀薄的空气，人们就会把它们辨认出来。这个村庄便是其中之一。

"你还记得吗？在那里，我们来时的地方，你至少可以看看一些事物（例如云、鸟儿和苔藓）是如何形成或长成的，以此自娱自乐。在这里正好相反，你只能闻到那种好像到处散发着的黄色酸味，因为这是一个不幸的村庄，一切都沾上了不幸。

"他要我们回去，还把他的房子借给我们住，把我们需要的一切都给了我们，但我们不应该感谢他。由于待在这里，我们成了不幸的人，因为在这里我们得不到任何的拯救。我早已感觉到了这一点。

"你知道佩德罗·巴拉莫向我提出了什么要求？我当时就想到他不会白白给我们这些东西的。我打算替他干活，以此偿还他的这笔债，因为这笔债我们总得以某种方式偿还。我跟他详细地谈了谈拉安特罗梅达矿的情况，并使他明白，只要有好的经营管理，这矿是有可能办好的。你知道他是怎么回答我的吗？'我对你的那个矿不感兴趣，巴托洛梅·圣胡安。我从您那儿唯一希望得到的东西是您的女儿。这是您给我干的最好的活儿。'

"如此说来，他爱上你了，苏萨娜。他说你们俩小时候青梅竹马，他很了解你。又说你们小时候甚至一起在河里洗过澡。我当时不知道有这事，要是知道了，早就一剑将你捅死了。"

“对此我并不怀疑。”

“‘对此我并不怀疑’这句话是你说的吗？”

“是我说的。”

“这么说你是准备和他睡觉了？”

“对，巴托洛梅。”

“你难道不知道他已经结过婚，有过无数的女人吗？”

“知道，巴托洛梅。”

“别叫我巴托洛梅，我是你父亲！”

巴托洛梅·圣胡安是个已故的矿主。苏萨娜·圣胡安是拉安特罗梅达矿一个已故矿主的女儿。她看得很清楚。我得到那里去死。她心里想。接着，他说：

“我已跟他说过，你虽然是个寡妇，但仍然跟你丈夫生活在一起，或者说，至少你的所作所为是这样的。我想劝他舍弃那个念头，但我和他谈话时，他就对我怒目而视，而一提起你的名字，他就闭上眼睛。据我所知，他是一个十足的坏东西。佩德罗·巴拉莫就是这样的人。”

“那我是谁呢？”

“你是我女儿，是我的，是巴托洛梅·圣胡安的女儿。”

苏萨娜·圣胡安头脑中的想法开始动起来了。初时动得很慢，后来又停滞不动，继而突然奔驰起来，以至于最后不得不说出这样的话：

"不对，这不是真的。"

"这个世道啊，它从四面八方把你压得紧紧的，要把我们压成齑粉，将我们弄得粉身碎骨，仿佛要用我们的鲜血浇洒大地。我们干了些什么？为什么我们的灵魂堕落了？你妈妈说过，上帝至少还会对我们发点慈悲。而你不接受这种慈悲，苏萨娜。你为什么不承认我是你的父亲？你发疯了吗？"

"你还不知道这一点吗？"

"你疯了？"

"当然是的，巴托洛梅。你还不知道？"

"富尔戈尔，你知道她是世界上最漂亮的女人吗？我甚至认为我已永远地失去她了，但我现在不想再度失去她。你懂得我的意思吗，富尔戈尔？你告诉她父亲，叫他继续去开他的矿。在那边……我想在那些谁也不会去的地区，搞掉这老东西会容易些。你认为怎样？"

"可能会容易些。"

"我们需要这样做。一定要让她成为孤女。我们有义务保护别人，你认为怎样？"

"我看这并不难。"

"那就干起来吧，富尔戈尔，你就干起来吧。"

"要是让她知道了怎么办？"

"谁会去告诉她呢？这里只有你我两人知道。告诉我，我俩谁会去告诉她呢？"

"我可以肯定谁也不会告诉她的。"

"你别说'我可以肯定'这几个字，马上把这几个字去掉，这样，你就会发现百事顺利。你别忘了那次找到拉安特罗梅达矿是颇不容易的。你叫他仍然去那里干活，叫他去。他还可以回来，可千万不要使他产生把女儿也带走的念头。她在这里，由我们替他照料。他在那边工作，他的家在这里，他可以来看看。你就这样对他说，富尔戈尔。"

"您这么干，又让我喜欢上了，老爷，看来您的精力又旺盛起来了。"

科马拉山谷的庄稼地里下起雨来，细雨蒙蒙，这在当地是罕见的，因为那里只下雷阵雨。这一天是星期天。从阿邦戈来的印第安人带来了一串串甘菊花、迷迭香和一捆捆的百里香。他们没有带松明，因为松明给雨淋湿了；也没有带橡树土，由于雨多，橡树土也给雨淋湿了。他们把花草放在拱门下，等候人来买。

雨继续不断地下着，地上积起了泥水坑。

在玉米已破土出苗的地垄里，雨水流成了一条条小河。人们今天没有来赶集，他们正忙于开挖地垄，让雨水淌走，免得冲坏那些幼嫩的玉米苗。他们三五成群地走着，在那被水淹没了的土地上奔忙，冒着雨用铁锹扒开软土，用双手固定玉米苗，竭力把它们保护好，让它们能不费劲地长起来。

那些印第安人仍在等待顾客。他们感到，这天天气不好，也许由于这个原因，他们在湿淋淋的蓑衣下瑟瑟发抖。这倒不是由于天冷，而是担心。他们注视着蒙蒙细雨，又看看那阴云密布的天空。

没有一人来买货，村庄好像是空的。来时妻子要他们买点缝补衣服的线和糖回去，可能的话，要是有货，还要他们买一个过滤玉米糊的筛子。时间越接近中午，他们那件蓑衣被雨水浸泡得越发沉重。他们在聊天，说笑话，纵声大笑。被雨露淋过的甘菊花显得分外鲜艳。他们想：要是我们带点儿布尔克酒[1]来就好了。可是，龙舌兰的幼芽都被淹成一片海了，这又有什么办法呢。

胡斯蒂娜·迪亚斯打着伞，从通向半月庄的右边那条街走来，她边走边绕开地上哗哗淌着的水流。走过大教堂拱门口的时候，她用手画着十字。她跨进大门，那些印第安人回过头来看她。她看到大家的目光好像在仔细地打量着她。她在第一个摊位前面站住，买了十分钱的迷迭香叶子就回去了。那一大堆印第安人的目光都一齐注视着她。

"这阵子什么东西都很贵，"在回半月庄的路上她说，"这可怜巴巴的一小捆迷迭香都要十分钱，连闻一下气味都不够。"

天黑时，印第安人收了摊子，背起沉重的花草冒雨走了。路过教堂时，他们在圣母面前做了祈祷，还留下一束麝香草作为供品，然后，径直朝他们来的阿邦戈走去。他们说："一切都会好起来。"一路上他们说着笑话，还不时纵声大笑。

胡斯蒂娜·迪亚斯走进苏萨娜·圣胡安的卧室，把迷

---

1 用龙舌兰汁发酵制成的酒，产于墨西哥等地。

迭香放在墙边的托架上，拉上了窗帘，挡住了光线，里面黑洞洞的好像能看到一些影子，让人只能隐隐约约地看东西。她估计苏萨娜·圣胡安正在睡觉，她希望她能一直睡下去。她感到她是睡着了，便很高兴。可是，正在这时她却听到了一声遥远的叹息声，它好像是从那间空洞洞的房间的某个角落里发出的。

"胡斯蒂娜！"有人叫她。

她回过头来一看，没有见到什么人，但觉得有一只手搁在她肩上，耳边还听到呼吸声。一个声音在悄悄地说："你离开这里吧，胡斯蒂娜，整理一下你的东西走吧，我们不需要你了。"

"她需要我，"她挺了挺身子说，"她有病，需要我。"

"现在已不需要你了，胡斯蒂娜。我将留在这儿照料她。"

"是您吗，堂巴托洛梅？"她没有等他回答，便大叫一声。这叫声一直传到了从田野里回来的那些男男女女的耳中。他们说："这好像是人在号叫，但又好像不是任何人类的声音。"

雨声平息下去了，但不管怎样，还能听到。雨滴像冰雹一样落下来，纺出一条生命之线。

"你怎么啦，胡斯蒂娜，为什么叫喊？"苏萨娜·圣胡安问道。

"我没有叫喊，苏萨娜，你刚才一定在做梦。"

"我已经对你说过，我是从来不做梦的。你也不照顾我一下，我一点也睡不着。昨夜你没有把猫撵出去，它弄得我睡不好觉。"

"它是跟我睡的，睡在我两腿中间。这猫全身都淋湿了，我可怜它，就让它睡在我的床上。它可没有发出响声呀。"

"对，响声倒没有发出来，但它一夜都在玩杂技，从我的脚上跳到头上，还轻轻地咪咪叫，好像是饿了。"

"我把它给喂饱了的，它一夜都没有离开我。苏萨娜，你又在胡言乱语了。"

"告诉你，它整夜在我身上跳来跳去，吓唬我。你那只猫虽挺可爱，但我睡觉时却不想要它。"

"是你的幻觉，苏萨娜，问题就在这里。等佩德罗·巴拉莫来，我要对他说，我受不了啦。我要对他说，我要走，总会有好人给我活儿干的，不是所有的人都像你这样疯疯癫癫，也不会像你这样尽折腾人。我明天就走，把我的猫也带走，这样，你就安静了。"

"别走，你这个该下地狱的、该死的胡斯蒂娜！你哪儿也别去，因为你永远也找不到有人像我这样喜欢你。"

"不，我不会走的，苏萨娜，我不会走的。你很明白，我是在这里照料你的。你就是让我满腹怨言也不要紧，我要永远照料你。"

从苏萨娜一生下来，胡斯蒂娜就照看她了。胡斯蒂娜抱着她，教她走路，教会她跨出了她永远难忘的那几步。胡斯蒂娜见到她的小嘴巴长大了，"像糖果一样"的眼睛变大了。"薄荷糖，蓝又蓝，黄又蓝，绿又蓝，薄荷香叶包着糖。"她咬胡斯蒂娜的大腿，胡斯蒂娜让她吮吸自己那干瘪的像玩具一样的乳头，逗她玩儿。胡斯蒂娜对她说："玩吧，玩你这小玩具吧。"她差一点把它给压扁压碎呢。

外面是落在香蕉叶子上的雨声，听起来，雨水好像在地上的积水里沸腾。

床单受了潮，冷冰冰的。排水沟里的水在汹涌咆哮，水沫四溅，这些管道因日日夜夜地工作着，显得疲惫不堪。倾盆大雨激起了无穷的水泡，激流在不停地奔涌着。

午夜。外面的流水声盖过了别的一切声音。

苏萨娜·圣胡安慢慢地从床上起来，又慢条斯理地站直了身子，然后离开床铺。那个沉重的东西又出现了，在她的双脚上，在她的身边走过，试图碰到她的脸庞。

"是你吗，巴托洛梅？"她问。

她听到门在吱吱作响，好像有人在走进走出。接着只听到那永无休止的、冷冰冰的雨声，雨珠在香蕉树上滚动。雨水在沸腾。

她睡着了，一直睡到曙光照亮了沾满露水的红砖时才醒。这已是第二天早晨了，是个灰蒙蒙的早晨。她叫喊道："胡斯蒂娜！"

她好像早就在那里一样地立即出现了，身上裹着一条毯子。

"有什么事吗，苏萨娜？"

"猫，猫又来了。"

"可怜的苏萨娜呀。"

胡斯蒂娜抱着苏萨娜，偎依在她的怀里，直到苏萨娜能够把她的头抬起来，对她说：

"你在哭什么？我会对佩德罗·巴拉莫说的，你对我很好，你那只猫吓唬我的事我一句也不提。你别这样，胡斯蒂娜。"

"你父亲死了，苏萨娜，是前天晚上去世的。今天有人来说，这事已经了结了，人们已将尸体埋葬了。人们说，因为路途遥远，没有能将遗体运到这里来。现在你是孤苦伶仃一个人了，苏萨娜。"

"这么说，刚才就是他了，"她笑了笑，"原来你是来跟我告别的呀。"她说，又笑了笑。

许多年前，当她还是孩子时，他对她说："下去吧，苏萨娜，把你见到的东西告诉我。"

她系住绳索往下吊，绳索勒伤了她的腰，两只手淌着血，但她不能松开，因为这绳索可是她和外部世界保持联系的唯一的纽带。

"我什么也没有看见，爸爸。"

"你好好地找一找，苏萨娜，一定得找到点东西。"

他拿灯照着她。

"我什么也看不见，爸爸。"

"你再下去一点，一着地就告诉我。"

她先是钻进木板中间开的一个小洞，然后在木板上走，这些木板已年深日久，支离破碎，腐朽不堪，还沾满了黏糊糊的烂泥。

"苏萨娜，你再下去一点，就会找到我对你说的那个东西。"

她像荡秋千一样往下垂，在深渊中摇摇晃晃，两只脚在一个"找不到落脚处的空间内摇摆"。

"再往下一点，苏萨娜，再往下。告诉我是不是看到了什么。"

她两脚一着地就吓呆了，一句话也说不出来。灯影在晃动，光束在她身边闪来闪去。上面的叫喊声使她打了个冷战：

"把下面的那个东西拿给我，苏萨娜！"

她把那颗头颅骨抓在手中。当灯光照到她的全身时，她又松手丢下了它。

"这是个死人的头颅骨。"她说。

"在它边上你还可以找到点别的东西。你把找到的东西全都拿上来给我。"

尸体都散成几块骨头了，腭骨像用糖制成的一样脱落下来。她把一块块骨头递给他，连脚趾骨都给了他；接着，又把一个个关节给了他。她先是给他头骨，那圆圆的像球一样的头颅早在她手中碎掉了。

"你再找一找，苏萨娜，还有钱，是圆圆的金币。你要找到它们，苏萨娜。"

她当时不知道金币是什么东西，只是在好多天后，在冰雪中，从她父亲那冷冰冰的目光中才知道。

因此，现在她笑了。

"我知道是你，巴托洛梅。"

一看到她先是微笑，接着又是纵声大笑，倒在她胸口哭泣的可怜的胡斯蒂娜只好站起身来。

外面还在下雨，那些印第安人早已走了。那天是星期一，科马拉这个谷地仍然沉浸在一片雨海中。

这几天，每天都不停地刮风。这一阵阵风带来了雨。雨已离去，风却留了下来。田野里玉米已经长出了叶子，它们躺在地垄里躲避大风。这风在白天并不太大，只是吹弯了常春藤，吹得屋顶上的瓦片发出咔嚓咔嚓的声音。可是，一到夜间，风就呻吟起来，呻吟好久好久，大块大块的乌云默默地飘过去，好像在擦地而行。

苏萨娜·圣胡安听到大风拍打着窗户的声音。她把双臂枕在脑后躺着，思索着，倾听着夜间的嘈杂声，倾听着黑夜如何被夜风吹来吹去，一刻也不宁静。接着，大风又戛然而止。

门开了，一阵风将灯吹熄，眼前漆黑一团。于是，她停止了思索。她感到有人在细声细气地说话；接着，又听到自己的心脏在不规律地跳动。透过她那双闭着的眼睛，她依稀地看到了灯火。

她没有睁开眼睛，头发散乱地盖在脸上。灯光照得她嘴唇上的汗珠闪闪发亮。她问道：

"是你吗，神父？"

"我是神父，孩子。"

她微微睁开眼睛，看到天花板上有个黑影，它好像穿过了她的头发，黑影的脑袋就在她的脸上面。那模糊不清的人影就在她的面前，在她那细雨一样的睫毛面前。灯光是散漫的，在那个人影的胸口有一束灯光，像是一颗小小的心脏，犹如闪烁的火焰在跳动。你的心难过得正在死去，她想，我知道你是来告诉我弗洛伦西奥已经死了，不过，这件事我已经知道了。你不要为他们忧虑，也不要为我断肠。我已把自己的痛苦埋藏在一个可靠的地方。可不要让你的心脏熄灭。

她直起身躯，拖曳着它，来到雷德里亚神父的身边。

"让我怀着极度的悲伤来劝慰你！"他用双手护着烛光说。

雷德里亚神父让她走近自己，看她用两手护着点燃的蜡烛。接着，她又将脸贴到燃烧着的烛心上，直至神父闻到了一股烧焦了的肉味，不得不把她拉了回来，然后一口气将烛光吹灭。

于是，一切再次陷入黑暗中，她跑过去躲在床单下。

雷德里亚神父对她说：

"我是来安慰你的，孩子。"

"那就再见了，神父，"她回答说，"你别再来了，我不需要你。"

她听到脚步声渐渐离去，这种脚步声总给她留下寒冷、颤抖和恐怖的感觉。

"你既然已经死了，为什么还要来看我？"

雷德里亚神父关上门，迎着夜风走去。

风还在刮着。

一个绰号叫"结巴"的人来到半月庄，打听佩德罗·巴拉莫。

"你找他有什么事？"

　　"我想跟、跟他谈谈。"

　　"他不在。"

　　"等、等他回来告、告诉他，我是从堂富尔戈尔那、那里来的。"

　　"我这就去找他，可你得等几个小时。"

　　"请告诉他，有急、急事。"

　　"我会告诉他的。"

　　那个绰号叫"结巴"的人骑在马上等候。过了一会儿，他从未见过面的佩德罗·巴拉莫就站在他面前了。

　　"有什么事吗？"

　　"我得直、直接跟老爷讲。"

　　"我就是，你有什么事？"

　　"啊，就、就是这么一回事。有人杀死了堂富尔戈尔·塞、塞达诺。我和他在一起，朝垃圾场这、这个方向走去，想、想看看为什么那儿缺水。正好这、这个时候，我们看到一帮子人拦住了我们去路。从人、人群中出现一个人的声音：'我认识此人，他是半、半月庄的管家。'

　　"对我他们都没有在、在意。对堂富尔戈尔他、他们惹得他发、发起火来。他们对他说，他们是革、革命党，是为您的土、土地来的。'快、快跑！'他们对堂富尔戈尔说，'快去告、告诉你家老爷，说我们在那边见面！'他的魂都吓、吓没了。由于他身体挺、挺重，跑得不快，但还是跑了。在马跑、跑的过程中，他给打死了。死时一、一条腿在马上，一条腿在马下。

"这时，我连动也没动、动一动。我等着天快黑、黑下来，就上这儿来向您报、报告发、发生的事。"

"你现在还等什么？干吗不走？快去告诉那些家伙，我就在这里恭候他们。有什么事情他们来跟我说。不过，你先到冈萨格拉辛拐一下，你认识蒂尔夸脱[1]吗？他可能在那里。告诉他，我要见他。你见到那些老兄就告诉他们，我在这里等候他们，叫他们有时间就来。他们是一些什么样的革命党？"

"我也弄、弄不清，他们是这样称、称呼自己的。"

"你告诉蒂尔夸脱，我急需他来。"

"我一定照办，老、老爷。"

佩德罗·巴拉莫回到办公室，将自己关在里面。他感

1　在墨西哥方言中有"水蛇"之意。

到自己已年老力衰。富尔戈尔倒并不使他难过，因为富尔戈尔终究是个半截入土的人了。富尔戈尔这辈子总算贡献了他能贡献的一切，尽管他十分殷勤这一点是个人都能做到。不管怎么说，让那些疯子来尝尝蒂尔夸脱的厉害吧。他想。

他更记挂起苏萨娜·圣胡安来了。她成天躲在房间里睡觉，醒着时也好像在梦中。昨天夜里他一夜都靠墙站着，借助床头烛台微弱的光亮，注视着苏萨娜不断翻动的身躯，注视着她那张汗涔涔的脸，看着她的双手在抖动床单，挤压着枕头，一直把枕头都压扁了。

自从让她住到这里来后，他每夜都是这样痛苦地在她身边度过的，总是带着无穷无尽的不安和焦虑。他常自问这样的日子什么时候才能结束。

总会结束的吧，他等待着。万事都有个尽头。任何一种回忆，不管怎样强烈，总有一天会消失。

要是他至少能知道是什么东西在内心折磨她，使她辗转反侧，夜不成眠，好像要撕裂她，使她成为无用之人，那该多好啊。

他原来以为是了解她的。即使情况并非如此，她知道自己是他在世界上最爱的女人，难道有这点还不够吗？此外，最重要的一点是，在他离世时，她可以用她的形象照亮他，抹掉他所有其他的记忆。

　　但是，苏萨娜·圣胡安的内心世界究竟如何，这是佩德罗·巴拉莫永远也不会知道的一件事。

　　"在那热烘烘的沙滩上我的身体感到很舒服。在海风的吹拂下，我闭着眼睛，张开双臂，伸开双腿。大海就在我对面，离我很远。涨潮时，几乎没有在我的双脚上留下泡沫的痕迹……"

　　"现在讲话的就是她，胡安·普雷西亚多。别忘了将她说的话告诉我。"

　　"……天色还早。大海的浪涛上下翻滚。浪花消失了，大海明净似镜，碧绿的海水静静地随波而逝。

　　"'在大海里我只会脱光衣服洗澡。'我对他说。第一天他跟我一起脱光了衣服。从海里出来时，他身上闪着一片磷光。那时候没有海鸥，只有那些人们称为'丑嘴巴'的鸟儿，叫起来声音好像打鼾一样。太阳出来后，它们就不见了。第一天他跟着我，即使有我在，他仍然感到孤单。

　　"'你好像一只丑嘴巴，只不过是这些鸟中的一只而已，'他对我说，'夜间我更喜欢你，当我俩在黑暗中同床共枕，同盖一条被单时。'

　　"他走了。

　　"我回来了，我总是要回来的。大海浸湿了我的脚踝，后来退走了；大海还浸湿了我的双膝和大腿，以其柔软的手臂搂住我的腰，在我的胸部旋转；它还搂住了我的脖子，压住我的双肩。这样，我就全身沉溺在大海里。于是，在它猛烈的拍击下，在它轻柔的抚弄下，我毫无保留地献身于它。

　　"'我喜欢在大海里洗澡。'我对他说。

　　"可是，他不懂这意思。

　　"翌日，我又在大海里沐浴净身，将自己献给海浪。"

　　傍晚，那一帮子人出现了。他们带着卡宾枪，斜挎子弹带。一共有近二十人。佩德罗·巴拉莫请他们吃饭。他们连帽子也不脱便坐在桌边，默默无言地等着。给他们端来巧克力时，只听到他们喝巧克力的声音；端上菜豆后，则又听到他们一个接一个地嚼玉米饼的声音。[1]

佩德罗·巴拉莫注视着他们，他连一张脸都不认识。蒂尔夸脱就在他身后的暗处等候着。

"老爷们，"他见他们已吃完晚饭，对他们说，"我还有什么可以为诸位效劳的吗？"

"这顿饭是你做的东？"其中的一个用一只手扇着风说。

但另一个人打断他说：

"这儿我说了算！"

"请说，我能为各位效什么劳？"佩德罗·巴拉莫又问。

"如您见到的那样，我们举行了武装起义。"

"还有呢？"

"这就够了，您认为还不够吗？"

"可是，你们为什么要这样做呢？"

"因为别人也在这么干嘛，您还不知道？请您等我们一会儿，等上面的指令来，到那时我们再替您打听打听起

1　玉米薄饼卷菜豆是墨西哥人喜爱的主食。

义的原因。反正眼下我们已来到这里了。"

"原因我知道，"另一个人说，"您要是愿意的话，我来告诉您。我们是起来造政府的反和你们这些人的反的，我们都已经受够了。我们造政府的反是因为它卑鄙，造你们的反是因为你们都是些恶棍、土匪，是油光满面的强盗。对政府老爷们我已没有什么可说的了，我们拿子弹去跟他们说要说的话。"

"你们干革命需要多少钱？"佩德罗·巴拉莫问，"我也许能助你们一臂之力。"

"这位先生说得对，佩尔塞卫兰西奥。刚才你不该信口雌黄。我们是得找个财主跟我们合伙，给我们点经费，还有比这位先生更合适的人吗？喂，卡西尔多，我们需要多少钱？"

"凭他的好心，愿给多少就给多少吧。"

"这家伙是一毛不拔的铁公鸡，今天趁我们在这里，狠狠地敲他一笔，让他连吃进肚子里的玉米也给吐出来。"

"冷静点，佩尔塞卫兰西奥，好好待人，结果才更好。让我们来达成一致意见。你说说，卡西尔多。"

"我算了一下，我想我们开始时要有那么二万左右比索就不错了，诸位认为怎么样？可这位先生既然这么愿意帮助我们，谁知道他是不是认为这个数字太少了。我们就要五万吧，同意吗？"

"我给你们十万比索，"佩德罗·巴拉莫对他们说，"你们有多少人？"

"三百人。"

"那好，我再借给你们三百人，以加强你们的力量。一星期后，你们就会有人有钱。钱我如数奉送，人只是借用。一旦你们用不着他们了，就让他们回到这儿来。这样行吗？"

"这还有什么不行的。"

"那就八天后再见吧，先生们。认识你们，我非常高兴。"

"好，"走在最后的那个人说，"请您记住，您要是不兑现诺言，您就会听到佩尔塞卫兰西奥的名字。这是本人的名字。"

佩德罗·巴拉莫伸出手和他告别。

"你说这些人中间谁该是长官？"事后他问蒂尔夸脱。

"我认为是那个站在中间，连眼睛也不抬一抬的大肚汉子。我想是他……我是很少弄错的，堂佩德罗。"

"不，达马西奥[1]，长官是你。怎么啦，你不想去造反吗？"

"真是迫不及待呢。毕竟我是这么爱热闹的人。"

"这是怎么一回事，你都知道了，也用不着我再嘱咐你。你快凑上三百个信得过的小伙子，跟这些造反者会合。你告诉他们，你带去了我答应给他们的人。其余的事怎么办，你以后会知道。"

"有关经费的事我该对他们说些什么？也由我交给他们吗？"

"我给他们每个人十个比索，由你带去，这些钱是应急用的。你告诉他们，余款都存在这里，他们可以随时取用。他们东跑西颠的，带这么多钱也不合适。顺便问你一下，你喜欢石门那个小牧场吗？好吧，从现在起，这个小牧场就是你的了。你给科马拉的那个律师赫拉尔多·特鲁西略捎个信去，就让他马上将这份产业转到你的名下。你的意见呢，达马西奥？"

---

1 蒂尔夸脱的真名。

"这还用问吗，老爷？不管您给不给我这个牧场，我都会心甘情愿地干这件事的。您好像还不了解我似的。不管怎么样，我感谢你的恩赐。这样一来，至少在我出去耍时，我老伴有事可干了。"

"还有，你顺便再赶几头奶牛去，这牧场缺少的就是生气。"

"赶瘤牛不要紧吧？"

"你挑选你喜欢的。再估计一下你女人能不能照看得了。现在再回过头来说说我们的事情。你得想办法不要离开我的地盘太远，这样，别的地方来的造反者一看就知道这儿已有人占领了。有什么事，有什么新情况，随时来见我。"

"再见吧，老爷。"

"她在说些什么，胡安·普雷西亚多？"

"她说她那时把双脚藏在他两腿中间。她的脚冷得像冷冰冰的石头，放在他的大腿里像搁在烤面包的炉子里一样暖和。她说他咬着她的双脚，对她说，她的脚像是在炉子中烤得金黄的面包。她睡时蜷着身子，一次次进入他的体内。当她感到自己的肉体破裂时，她觉得自己消失在虚空中。她那肉体像地垄一般被一枚钉子划开，这枚钉子先是炽热的，继而是温暖的，后来又是甜丝丝的。它重重地刺着她那柔软的肉体，越钉越深，越来越深，一直钉得她呻吟起来。不过，她又说他的死使她更为痛苦。她说的就是这些。"

"她指的是什么人？"

"一定是指比她死得早的那个人。"

"这个人会是谁呢？"

"不知道。她说他回来得很晚的那天夜里，她还以为他已在深夜或清晨回来了。她几乎没有发觉他还未回来，这是因为她虽是一个人睡，她那双冷冰冰的脚还好像被裹在一个什么东西里面，好像是什么人将它们裹在某一物体内，使它们暖和起来。她醒来时，发现两只脚包在一张报纸里，这张报纸是她在等他回来时读过的，后来因为太困倦了，她睡着了，报纸便掉在地上了。当有人来通知她他的死讯时，她的两只脚还包裹在报纸里。"

"埋葬她的那具棺材一定很破旧了，因为好像听到木板咯吱咯吱的声音。"

"是的，我也听到了。"

这天晚上又做起那些梦来。为什么总是回忆起这么多往事？为什么不只是梦见死亡和过去那轻柔的音乐？

"弗洛伦西奥死了，太太。"

那个人身子多长啊！多高啊！他的声音很硬，像最干燥的泥巴那样干巴。他的形象模糊不清，或者是后来变模糊的吧？好像在他与她之间隔着一层雨幕。"他刚才说了些什么？弗洛伦西奥？他说的是哪一个弗洛伦西奥？是我的那个吗？哦，我为什么不哭？为什么不沉浸在泪海中，以洗刷内心的忧伤？上帝啊，你不存在了！我曾求你保佑他，替我照料他。我祈求过你的，可你除灵魂外，别的事都不管，而我爱的是他的身躯，他那赤裸裸的情炽似火的身躯。那燃着欲火，挤着我颤抖的胸膛与双臂的身躯。我那挂在他身上的透明躯体。我那被他的力量支撑又放开的轻盈躯体。现在没有了他的嘴来亲吻，我的嘴唇又能干什么？我对我痛苦的嘴唇又能做些什么？"

苏萨娜·圣胡安站立在门边，不安地转动着身子的时候，佩德罗·巴拉莫凝视着她，数着那又一个历时很久的梦，一共经历了多少秒钟。灯油已在爆火花，越来越微弱的火苗在眨着眼，很快就要熄灭。

假如她内心感到的只是痛苦，而不是那些令人不安的梦，不是那些没完没了令人疲惫不堪的梦，那么，他还是可以给她找到某种安慰的。佩德罗·巴拉莫这样想。他目光盯着苏萨娜·圣胡安，注视着她的每一个动作。倘使随着他用来看她的那微弱的灯光的熄灭，她的生命也熄灭了，那又会发生什么呢？

而后，他轻轻地关上门出来了。门外夜间那新鲜的空气使佩德罗·巴拉莫摆脱了苏萨娜·圣胡安的形象。

拂晓前不久，她醒来了，全身汗涔涔的。她把沉重的毯子推到地上，连被单的热气也都散掉了。这样一来，她便赤身裸体地躺在床上，身躯被晨风吹得凉丝丝的。她叹息了一声，接着便又进入了梦乡。

几个小时后雷德里亚神父来看她时的情景就是这样：她赤身裸体地睡着了。

"您知道吗，堂佩德罗，蒂尔夸脱给打败了？"

"我知道昨夜交了火，因为只听到乱哄哄的声音，可别的事我就不清楚了。这是谁跟你说的，赫拉尔多？"

　　"有几个伤兵来到了科马拉，我女人帮助他们包扎伤口。他们自称是达马西奥的人，说是伤亡很大。好像是和一些自称是比亚[1]派的人遭遇上了。"

　　"真够呛，赫拉尔多！我倒霉的日子到了。那你打算怎么办呢？"

　　"我打算走，堂佩德罗，去萨尤拉，我打算在那儿重新安家。"

　　"你们这些干律师的人有这个好处：只要不砸烂你们的脑袋，头脑中的这份产业可以随身带到任何地方去。"

　　"别这样认为，堂佩德罗，我们也有我们的问题呢。再说，离开像您这样的人我心里也不好受，这儿人对我的尊重真叫人恋恋不舍。人活着就是每时每刻毁灭我们的世界，如果可以这样说的话。您希望我把那些文书契约放在什么地方？"

　　"别留下了，你带走吧。还是说你到了那里就不能兼管我的事了？"

　　"我感谢您对我的信任，堂佩德罗。我衷心地感谢您。

1　潘乔·比亚，墨西哥民主革命时期的农民军领袖。

不过，我得说明一下，这样做对我来说是不可能的。有些情况很特殊……比如说……那些只有您才能看到的契约，若落到了别人的手里，便会产生不良的结果。最保险的办法还是放在您的身边。"

"你说得对，赫拉尔多。你就把文件留在这里吧，我来将它们烧掉。有文契和没有文契还不是一回事，谁会来和我争夺我拥有的产权？"

"毫无疑问，谁也不会这样做，堂佩德罗。谁也不会的。告辞了。"

"你跟上帝走吧，赫拉尔多。"

"您说什么？"

"我说愿上帝伴你左右。"

赫拉尔多·特鲁西略律师慢腾腾地走了出去。他已年迈，但还没有老到走起路来这么步履蹒跚、没精打采的样子。实际上他是在等佩德罗·巴拉莫给他一笔酬金。他曾替堂佩德罗的父亲堂卢卡斯（愿他安息）效过劳；以后又给堂佩德罗出过力，现在还为他出力；同时，他又替堂佩德罗的儿子米盖尔办过事。他确实是在等一笔犒劳金，等待着佩德罗大大地、厚厚实实地报答他一番。他来这里时对妻子说过：

"我向堂佩德罗辞行去了，我知道他会报答我的。我想说的是，拿到他给我的钱后，我们就可以在萨尤拉安居乐业，舒舒服服地安度晚年了。"

可是，为什么女人们总是疑虑重重？是她们得到了上帝的启示，还是怎么的？她竟不确信他能得到报答。

"你想抬起头来，没有那么容易。你从他那里连一个子儿也捞不到。"

"你为什么要这样说？"

"我知道。"

他继续朝门口走去，竖起耳朵，等待着佩德罗叫他回去："哎呀！赫拉尔多！你看我烦得都顾不上你的事了。你给我做的好事是难以用金钱来报偿的。收下这个吧，只是一点小意思。"

但是，他没有叫他回去。他走出了门，解开拴在树枝上的缰绳，跨上马鞍，慢腾腾地骑着马。他尽量不走得太远，以便听到有没有人呼唤他。他径直朝科马拉走去。当他发现半月庄已消失在他身后时，心里想：要是向他借一笔款，这也太降低我的身价了。

"堂佩德罗，我又回来了，我对我自己的行为也不满意，往后我仍然乐意经管你的事务。"

说完，他又在佩德罗·巴拉莫的办公室里坐下来。在不到半小时前，他也是在这里的。

"好吧，赫拉尔多，文件就在你刚才丢下的这个地方。"

"我还想……开销……搬家费……我想预支点酬金，如果您认为合适的话，再外加一点儿……"

"五百比索行吗？"

"能不能再加一点，比如说，再加那么一点点？"

"一千行不行？"

"要是五……"

"五什么？五千比索？我没有这么多钱。你很明白，我的钱都花在投资上了。购买土地呀，牲口呀，这你是知道的。你拿一千比索走吧，我觉得你也不需要更多的钱了。"

他低下头思索起来，耳中听到佩德罗·巴拉莫在写字台上数钱时银币发出的叮叮当当的响声。他回想起老是拖欠他酬金的堂卢卡斯；回想起堂佩德罗，他又重新欠他一笔账；他还回想起他的儿子米盖尔，这小子使他受了多少窝囊气！

他使米盖尔免进牢房少说也有十五次之多，如果没有超过这个数字的话。还有杀害那个男子的那件凶杀案，那被害者姓什么来着？雷德里亚，对，他是这个姓，死者姓雷德里亚，有人在他手里放了一把手枪，这可把米盖里托给吓坏了，尽管事后他又觉得好笑。光是这件案子，如果依法提交法庭判决，堂佩德罗要花多少钱哪。还有那些强奸案呢。别小看这些案子，他不知为此自掏了腰包多少次，免得那些受害者把事情张扬出去。"你还是给自己留点面子吧，你都快有个傻小子了！"他总是这样对她们说。

"拿去吧，赫拉尔多，把钱保管好，钱用完了是不会再生的。"

正在沉思中的他回答说：

"对，死人也不会再生的。"他又说了一句，"真是不幸。"

离天亮还有不少时间。天上满是胖乎乎的星星，它们被浓重的夜撑得鼓鼓的。月亮出来了一会儿又隐没了。这是那种悲伤的月亮，没人瞧，没人睬。月亮扭歪着脸蛋，在天上待了一会儿，没有发出亮光，就躲到小山后面去了。

远处，人在黑暗中迷失，只听得到公牛的哞哞声。

"这些畜生从不睡觉，"达米亚娜·希斯内罗斯说，"它们像魔鬼一样从来不睡觉。魔鬼总是四处奔走，寻找亡魂，把它们送进地狱。"

她在床上翻了个身，将脸靠近墙。这时，她听到了敲打声。

她屏住呼吸，睁着眼睛。她再次听到三下干巴巴的敲打声，好像有人在用手指关节敲墙。声音不是在她身边，还要远一点，但就来自这堵墙。

"上帝保佑！这三击不会是圣帕斯瓜尔·帕依隆[1]的吧，这是来告诉他的某一信徒，他的死期已至。"

她自己因得了风湿病，多年不做"九日祷"，已不为此担心；但她心里有些害怕，也感到好奇。

她从吊床上轻手轻脚地起来，把脑袋探向窗外。

田野里漆黑一片，但她很熟悉这一套，因此，当佩德罗·巴拉莫那高大的身躯像荡秋千一般地在使女玛格丽塔的窗口摇晃时，她看见了。

"啊，好一个堂佩德罗！"达米亚娜说，"他总还像猫一样爬来爬去。我不明白，他为什么总爱干这种偷鸡摸狗

---

1 主管死亡之神。

的事。他只要告诉我一声，我就会对玛格丽塔说，今天晚上老爷需要你。他这样甚至都用不着起床，事情就成了。"

她听到公牛在吼叫，就关上窗门，倒在床上，将被子一直盖到耳根，然后，开始想象起使女玛格丽塔那边发生的事情。

过了一会，她不得不脱去睡衣，因为夜里天气开始转热了……

"达米亚娜！"她听见叫声。

当时她还是个姑娘。

"达米亚娜，开开门！"

她的心在抖动，仿佛肋骨之间有一只青蛙在跳动。

"干什么，老爷？"

"开门，达米亚娜。"

"我已经睡了。老爷。"

接着，她听到堂佩德罗从长廊里走了，走时用脚蹭着地。每当他大发雷霆之时就这样。

次日夜里，为了避免引起不愉快，她就让门半开半闭着，甚至还脱光了衣服，让他不至于遇到任何困难。

但从此以后，佩德罗·巴拉莫再也没有到她这里来过。

因此，目前她虽然受人尊敬，成了半月庄使女中的领班，虽然她已成了老太太，却仍然想念起那天夜里老爷对她说话的情景："开开门，达米亚娜！"

她躺下了，心里想着使女玛格丽塔此时该有多么幸福。

接着，她又听到了几下敲打声。但这次敲的是大门，像是有人在用枪托击打一般。

她又打开了窗，将头探出窗外，却什么也没有看见。她觉得地上在冒热气，像是才下过雨，地上满是小虫在蠕动。她还觉得有一种像许多人在一起时产生的热气一样的东西在升腾。她听到了蛙鸣和蟋蟀的叫声，这是雨季的宁静夜晚。接着，她又听到枪托撞门的声音。

一盏灯的光洒在几个人的脸上，然后熄灭了。

"这些事情我不感兴趣。"达米亚娜·希斯内罗斯说完，关上了窗。

"我知道他们把你给打败了，达马西奥，你为什么让他们打败你？"

"他们把情况弄错了，老爷。我什么事儿也没有，我的人一个也没有少。这次我带来了七百个人，里面有若干名新入伙的。情况是这样的：有几个'老油子'闲得发慌，跟一排穷鬼开火干了起来。他们倒真像一支军队，是比亚手下的人，您知道吗？"

"这些人从哪儿来的？"

"他们，从北边来夷平了路上所见的一切。看样子他们要闯州过府，席卷全国。这些人声势浩大，谁也没法搞掉他们。"

"你为什么不同他们合伙干？我不是跟你说过，谁赢了就跟谁一起干。"

"我已经跟他们合上伙了。"

"那你为啥还要来见我？"

"我们需要经费，老爷。天天吃肉，我们早吃腻了，都不想吃了，但谁也不肯赊账。因此，我们来请求您供应我们食品，这样，我们就用不着抢劫了。倘使我们远离这个地区，那在老百姓中间'捞一把'也不要紧，可在我们这里，大家都非亲即故，进行抢劫，于心不忍。总之，我们需要钱，就是在一个胖女人那儿买一颗辣椒，也得花钱。这肉我们实在是吃腻了。"

"现在你对我越来越苛求了，达马西奥，是这样吗？"

"绝对没有这个意思，老爷。我只是为了我的弟兄们。

至于我本人倒不着急。"

"你替部下说话，这没有错，可是，你需要的东西可以到别人那儿去取嘛。钱我都给你了。就这点钱你自己去安排嘛。我可不给你们出什么主意：你没有想到过去袭击康脱拉吗？不然你觉得自己干革命是为了什么？你若想去分得一杯残羹剩饭，恐怕为时已晚。这样干倒不如回去跟你老婆养老母鸡去。找个村镇，扑上去干他一家伙！要是你都拼上老命干，他妈的别人怎么会不跟你干！康脱拉有的是有钱人，你就去从他们身上抢一点！难道你想让他们认为，你是他们的干娘，是在保护他们的利益吗？不，达马西奥。让他们看看，你可不是在闹着玩儿的，也不是在消遣混日子。得干他一家伙，这样，你就有大把大把的钱花了。"

"您让怎么干就怎么干，老爷。从您这里我每次总能得到教益。"

"那你就好好利用吧。"

佩德罗·巴拉莫注视着这些人离去。他感到黑色的马群在他面前依次疾驰而去，消失在夜幕中。大汗淋漓，黄尘滚滚，大地都在震动。当他看见萤火虫一闪一闪地飞来时，他发现所有的人均已离去，只剩下他孤身一人站在那里，像一段坚硬但内部已经开始碎裂的树干一样。

他想起了苏萨娜·圣胡安，想起了刚刚睡过的小姑娘。她那小小的身躯惊恐地战栗着，她的心仿佛要从她口中跳出来。他叫她小心肝，拥抱着她，竭力将她当作苏萨娜·圣胡安的身躯。"她可不是个凡间的女人啊。"

黎明，白昼在时断时续地旋转着，几乎可以听见生了锈的地轴转动的声音，还可以感到倾倒出黑暗的古老大地在震动。

"黑夜确实是充满罪孽的吗，胡斯蒂娜？"

"是的，苏萨娜。"

"真的？"

"应该是真的，苏萨娜。"

"你认为生活不是罪孽，又是什么，胡斯蒂娜？你没有听到吗？你没有听到大地在吱吱地响着吗？"

"没有，苏萨娜，我什么也听不到。我的命没有你的大。"

"你可能会吓坏的，我是说要是你听到了我听到的东西可能会吓坏的。"

胡斯蒂娜仍在收拾房间。她一次又一次地调整着铺在潮湿地板上的地毯，擦去打碎了的花瓶洒出来的水，把花拾了起来，把碎玻璃放在盛满水的桶里。

"你一生中打死了多少只鸟，胡斯蒂娜？"

"很多只，苏萨娜。"

"你不觉得伤心？"

"伤心，苏萨娜。"

"那你对死还期待些什么？"

"就等待着死，苏萨娜。"

"如果只期待着死，它就会到来，你别担心。"

苏萨娜·圣胡安欠身靠在枕头上，两只眼睛不安地环视着周围，两只手安放在肚子上，好像一只有保护作用的贝壳贴在肚子的上面。那轻微的嗡嗡声犹如几只翅膀一样在她头上穿过。周围是戽水车的辘轳声和人们醒来后的说话声。

"你相信地狱吗，胡斯蒂娜？"

"相信，苏萨娜，也相信天堂。"

"我只相信地狱。"说完，她便合上了眼睛。

胡斯蒂娜走出房间时，苏萨娜·圣胡安又睡着了。户外太阳在冒着火花。她在路上遇到了佩德罗·巴拉莫。

"太太怎样了？"

"不好。"她低头对他说。

"还抱怨吗？"

"不了，老爷，她一点儿也不抱怨。可是，有人说死人也是不抱怨的。大伙儿都认为，太太已经不行了。"

"雷德里亚神父没来看过她吗？"

"昨天夜里他来过，听了她的忏悔。今天该授圣餐了，可是，她一定没有得到宽恕，因为雷德里亚神父没有给她带圣餐来。他说过一大早把圣餐带来。瞧，太阳已到这里，他还没有来。她一定没有得到宽恕。"

"得到谁的宽恕？"

"上帝，老爷。"

"别这样傻，胡斯蒂娜。"

"是，老爷。"

佩德罗·巴拉莫打开门，站在她身边。一束光线落在苏萨娜·圣胡安身上。他看到她紧闭着眼睛，就像人们感到体内疼痛时那样。她的嘴唇湿润，半开半闭着，被单被她下意识地推到了一边，露出了她赤裸的身体，这身躯因阵阵痉挛而开始扭动。

他走过在他和床之间的小小空间，将她赤裸的身体盖上。她全身还在挣扎着，像蠕虫一样扭动得越来越厉害。他靠近她耳旁，叫她："苏萨娜!"接着，又叫了一声："苏萨娜!"

门打开了，雷德里亚神父默默地走进门来，轻微地动了动嘴唇：

"我来给你授圣餐，我的孩子。"

他等佩德罗·巴拉莫将她扶起来，让她靠在床头。苏萨娜·圣胡安半睡半醒的样子，伸出舌头，吞下了圣饼。继而，她说："我们度过了非常幸福的一段时间，弗洛伦西奥。"说完，她又一头钻到坟墓一样的被单下面。

"您看到半月庄那边的那个窗子了吗，福斯塔太太? 就是那个一直点着灯的窗子。"

"没有，安赫莱斯，我什么窗户也没有看见。"

"这是因为这会儿灯光已熄灭。半月庄不会发生什么不幸了吧? 三年多来，这个窗户内总是整夜整夜地亮着灯。去过那里的人说，那是佩德罗·巴拉莫妻子住的房间。她是个可怜的疯女人，害怕黑暗。您瞧，灯刚刚熄灭，不会出什么事吧？"

"也许她已经死了。她病得很重，听说连人也认不得了，光是自言自语。佩德罗·巴拉莫和这个女人结婚，遭到了狠狠的惩罚。"

"堂佩德罗老爷真可怜啊。"

"不，福斯塔，他是罪有应得。这只是个开头呢。"

"您看，窗子仍是黑洞洞的。"

"别看这窗子了，我们还是睡觉去吧。夜已深了，我们两个老婆子这个时候在街上游逛也不合适呀。"

于是，接近深夜十一点钟时从教堂里出来的这两个女人消失在拱门中了。与此同时，她们看见有个人影，穿过广场朝半月庄走去。

"听着，福斯塔太太，您看朝那里走去的那位先生是不是巴伦西亚大夫？"

"好像是，虽说我眼睛不好，都认不出他来了。"

"您回想一下，他总是穿白裤子、黑上衣。我跟您打赌，半月庄一定在发生不幸的事。您看他走得这么急，好像有急事似的。"

"只要真的不发生严重的事就好。我想回去跟雷德里亚神父说一声，叫他上那儿去转一转，不要让这个可怜的女人未经忏悔便死去。"

"您想也不要这样想，安赫莱斯，愿上帝也别这样想。在这个世界上受够了罪后，谁也不希望她没有个精神上的帮助就走，不希望她在来世继续受罪。虽然先知们说，疯子们用不着进行忏悔，他们的灵魂即使不洁净也是无辜的。这只有上帝才知道……您看，窗子里的灯又亮了，但愿一切都好。您想一想，我们这些日子为了圣诞节来临把教堂打扮得漂漂亮亮，都忙活了这么多天。要是这家里死了人，还不知道咱们的活会怎样呢。堂佩德罗又有这么大权势，他准会在一瞬间把我们准备的一切全都给毁了的。"

"遇事您总喜欢往坏处想，福斯塔太太。您最好像我这么办事：把一切都托付给神灵。您只要对圣母祈祷一番，保证今明两天不会出什么事。今后的事就顺从上帝的安排了。归根到底，她在今生今世也不会有多大的快乐。"

"相信我，安赫莱斯，您总能让我振作起来。我要睡觉去了，带着这些想法进入梦乡。听说梦里的想法是直通天堂的，但愿我的这些想法也能上升到这个高度。明天见。"

"明天见，福斯塔。"

两个老妪走进中间的那扇门，回到自己家里去了。寂静又笼罩了村庄的夜晚。

"我嘴里塞满了泥土。"

"对，神父。"

"你别说'对，神父'，我说什么，你也说什么。"

"您要对我说什么？您要再一次听我忏悔吗？我为什么又要忏悔？"

"这次不是忏悔，苏萨娜。我只是来跟你聊聊天的，来帮助你准备过世。"

"我就要死了吗？"

"是的，孩子。"

"那为什么不让我安静一会儿？我想休息。他们一定是派您来不让我睡觉的，他们叫您跟我待在一起，一直待到我没了睡意。以后我还有什么办法才能找到睡意呢？毫无办法了，神父。您为什么不走，让我休息一会儿，这有什么不好？"

"我会让你安静的，苏萨娜。我说一句你重复一句，这样，你就慢慢地睡着了。你将会觉得你好像在哄着自己入睡。你一睡着，就谁也叫醒不了你……你将再也醒不过来了。"

"好的，神父，我照您说的办。"

雷德里亚神父坐在床沿，双手搁在苏萨娜·圣胡安的两边肩头上。为了使声音不至于太大，他的嘴几乎贴到了她的耳边。他将每一个词都说得很轻："我嘴里塞满了泥。"说完，他停了停，看看她的嘴唇是不是在动。他见到她也在喃喃地说些什么，尽管没有发出任何声音。

"我嘴里塞满了你，你的嘴。你的双唇紧闭，硬得好像咬紧了我的嘴唇……"

她也停了停，偷眼看了看雷德里亚神父，看到他好像在远处，在一块浑浊不清的玻璃的后面。

接着，她又听到他的声音，这声音使她耳朵发热：

"我吞咽下带泡沫的口水，我咀嚼着都是蠕虫的泥块，蠕虫堵住了我的喉咙，使我腭壁发涩……我的嘴下陷，扭曲成一股怪相，被穿透和吞噬它的牙齿凿通。我的鼻子变软，眼睛的啫喱溶化，头发烧成一团火……"

苏萨娜·圣胡安那安详的神态使神父觉得奇怪。本来他想猜测一下她此时会有什么想法，想看看她在心灵深处是如何抗拒他此时为她散布的形象的。他看了看她的眼睛，她也回看了他一眼。他仿佛看到她的嘴唇在强作微笑。

"还差不少呢。上帝在显圣。无边的天堂放射出柔和的光芒。小天使在嬉戏，天使在歌唱。上帝的眼睛闪现出喜悦的光芒，它是遭到永劫的罪人最后的瞬间幻景。不只这些，上帝还要把这一切同人间的痛苦结合。我们的骨髓变成了火堆，我们的血管变成了火线，还要让我们以令人难以置信的痛苦来自赎，而这种痛苦永远也得不到减轻。上帝的震怒总是把这痛苦之火越拨越旺。"

"他将我护在他的双臂中。他赋予我爱情。"

雷德里亚神父用目光扫视了一下站在他周围等待最后时刻到来的人们。佩德罗·巴拉莫抱着双臂等候在门边，在他身边站着巴伦西亚医生，在他俩边上还站立着其他的一些先生。再远一点，在阴暗处站着一群妇女。对她们来说，开始进行临终祈祷已晚了。

他本想站起身来，替病人涂上临终圣油，然后说："我的事办完了。"但没有，他的事还没有完。他不能在没有了解她已忏悔到什么程度的情况下给她授圣礼。

他开始犹疑起来。或许她确实没有任何值得忏悔的事，也许他根本无须宽恕她什么。他又向她俯下身去，摇了摇她的肩膀，轻声对她说：

"你快到上帝那儿去了。上帝对犯有罪孽的人的判决是毫不留情的。"

然后，他再次靠近她的身边，但她摇了摇头说：

"您走吧，神父！您别为我感到羞辱。我心里很平静，我只觉得很困。"

这时，躲在阴暗处的女人中有一个在哭泣。

这时，苏萨娜·圣胡安像是又恢复了生命力。她从床上坐起来，说：

"胡斯蒂娜，请你到别的地方去哭吧！"

接着，她感到她的头被钉在肚子上了。她试图将肚子与脑袋分开，试图将那个紧压住她的眼睛使她喘不过气来的肚子推到一边。但她越来越觉得天旋地转，仿佛陷身于黑夜中。

"是我。我看见苏萨娜太太去世了。"

"你说什么呀，多罗脱阿？"

"就是我刚才对你说的。"

黎明，人们被阵阵钟声惊醒。这是 12 月 8 日早晨，是一个灰色的早晨。不冷，但很灰暗。大钟先敲响了，接着其他的钟也敲响了。有些人认为钟声是催大家去做大弥撒的，就打开了自家的门；开门的人家不多，都是那些有人早起的人家，这些人清醒地等待着晨钟敲响向他们宣告夜晚已经结束。然而，这次钟声响得比平时长。不仅大教堂的这几只钟在敲，而且，"基督之血"、"绿十字架"，还有"神庙"等教堂里的那些钟也在响。到了中午，钟声仍未停止。到了夜间，钟声还在响着。钟声昼夜不停地响着，敲的方式都一样，而且，越来越响，到后来钟声便变成了一片震耳的哀鸣。人们为了能让对方听清自己说的话，不得不大声地说话。"发生什么事了？"大家互相问道。

钟声响了三天，人们的耳朵都要给震聋了。由于天空中弥漫着这种嗡嗡的声音，人们根本没法说话。但钟声还在响个不停，还在敲着，有几只钟已经给敲哑了，发出的声音像敲瓦罐一样，空荡荡的。

"苏萨娜太太去世了。"

"去世了？谁去世了？"

"太太。"

"你太太？"

"佩德罗·巴拉莫的太太。"

被这持续不断的钟声吸引，其他地方的人也来了。从康脱拉来的人像是来朝圣一般，有的人从更远的地方来。不知从什么地方还来了一个马戏班，带来了杂技和飞椅，还来了一些乐师。开始时，他们像是来看热闹那样走近村庄，但不久他们便定居于此，以至于还有了小夜曲，就这样，这一切慢慢地变成了一次盛会。科马拉顿时人声鼎沸，熙熙攘攘，热闹非凡，就像有演出的日子那样，村子里挤得水泄不通。

钟声停止了，但盛会仍在进行。没有办法让人们知道，这是在办丧事，是办丧事的日子；也没有法子让人们离开，恰恰相反，来的人越来越多了。

半月庄则孤独、宁静。人们赤脚走路，低声言谈。苏萨娜·圣胡安已入了土，但科马拉知道此事的人很少。那里在举行庙会，人们在斗鸡，在听音乐；醉汉在狂呼，摸彩票的在乱叫。村子里的灯光一直照射到半月庄，像在灰色的天空中笼罩着一圈光环。对半月庄来说，这几天是灰暗忧伤的日子。堂佩德罗大门不出，一言不发。他发誓要对科马拉进行报复。

"我只要采取袖手旁观的态度，科马拉就得饿死。"

他真的这样做了。

蒂尔夸脱仍然常来找他。

"现在我们已是卡兰萨¹的人了。"

"好啊。"

"我们又投靠到奥夫雷贡²将军那儿去了。"

"好嘛。"

"那一带已平定了，我们也解散了。"

"等等，你别解除你手下人的武装。这种局面持续不了多久的。"

"雷德里亚神父也拿起枪杆子干起来了，我们跟他一起干，还是和他对着干？"

1　卡兰萨，墨西哥民主革命时期宪法派首领之一。
2　奥夫雷贡，1920—1924 年曾任墨西哥总统，1928 年被杀害。

"这用不着讨论，你站在政府一边。"

"可我们不是正规军，他们都把我们当叛乱分子看待。"

"那你就靠边待着吧。"

"带着这样一个烂摊子？"

"那你爱干什么就干什么去吧。"

"我要去增援神父，我喜欢他们咋咋呼呼的样子。再说，这样一来，个人也能得到拯救。"

"随你的便吧。"

夜间那最后的阴影行将消失。佩德罗·巴拉莫坐在半月庄大门边一把旧皮椅上。他孤单单的一个人，坐在那里也许有三个小时了。他一直没有睡觉，他已经忘记了睡眠，也忘记了时间："我们这些老头子睡得很少，或者根本不睡觉，有时连盹儿也不打一个，但我们一刻不停地在思索。这就是我唯一要做的事了。"继而，他又大声地说："就快了。快了。"

他接着说："你走了许多日子了。苏萨娜。那时的阳光和现在一样，只是没有现在这样红，然而，也是像现在这样笼罩在白色的雾幕里，没有亮光。就在这同一时刻，我就站在这门边，望着黎明，望着你朝天堂的道路走去。你朝着那在光芒中开始现身的天堂走去，越走越远，身影在大地的阴影中显得越来越暗淡。

"那是我最后一次见到你。你的身躯擦着小路边天堂树的枝条走过，随风带走了它最后几片叶子。接着，你就消失了。我对你说：'回来吧。苏萨娜。'"

佩德罗·巴拉莫的嘴还在动，还在轻轻地说些什么。然后，他闭上嘴，眯缝着两只眼睛，眼中反射出微弱的晨光。

天亮了。

就在这个时候，正当加马略尔·比亚尔潘多的母亲伊内斯太太在打扫她儿子的商店对面的那条街道的时候，阿文迪奥·马丁内斯来了。他推开半开半掩的门走了进去，发现加马略尔睡在柜台上。为了避免苍蝇叮，他将草帽盖在脸上。要对方醒来，阿文迪奥还得等好一会儿。于是，他便等伊内斯太太扫好了街。她进来用扫帚柄捅她儿子的胳肢窝，对他说：快起来，顾客来了！

加马略尔没好气地坐了起来，嘴里嘟嘟哝哝的。他常和酒徒在一起酗酒，一喝就到深夜，熬夜熬得两眼通红。他此时坐在柜台上大骂他的母亲，也骂他自己，还无数次地诅咒着生活，说什么"活着实在没有意思"。接着，他把两手搁在大腿上，又睡下了，一边睡一边还在咒骂着：

"这个时候酒鬼在东奔西跑，可不能归罪于我。"

"我可怜的孩子，请你原谅他吧，阿文迪奥。这可怜的孩子昨天夜里接待了几个贪杯的游客，忙了整整一夜。你大清早来到这里，有何贵干？"

她是嚷着对他说这几句话的，因为阿文迪奥耳背。

"没有什么别的事儿，我急需打一斤烧酒。"

"是不是你那雷夫霍又昏厥过去了？"

"她已经离开我走了，比亚妈妈，就在昨天夜里十一点光景。尽管在此之前我把驴子都卖了。尽管卖了驴子是为了让她的病好些。"

"你说的话我听不见！或许你根本没有说什么吧？你在说什么？"

"我说昨夜一夜都为我死去的女人雷夫霍守灵。昨夜她断了气。"

"怪不得我闻到了死人的气味。你听着，我甚至对加马略尔都说过：'我闻到村里有人死了。'但他没有理会。这可怜的孩子为了投游客们所好，自己也喝多了。你知道，在他这样的情况下，什么事都会使他觉得好笑，对谁都不理不睬。可你刚才对我说了些什么？你请来人守灵了？"

"没有，一个也没有，比亚妈妈。所以我才来打点酒，借酒浇愁嘛。"

"你要纯白酒？"

"对，比亚妈妈，这样可以醉得快一些。请快点打给我，我急着哪。"

"我给你打两分升，因为是你，就按一分升的价格算。你去跟死者说一声，说我向来是器重她的。她进了天堂，可别把我给忘了。"

"好的，比亚妈妈。"

"你要趁她全身还没有凉透的时候告诉她。"

"我一定告诉她，我也知道她指望您为她祈祷呢。不瞒您说，她死时很伤心，因为连临终时给她做祈祷的人也没有。"

"你没有去找雷德里亚神父？"

"去了，可人们告诉我，他上山了。"

"在什么山上？"

"就在那些羊肠小道上。您知道吗，他们在造反呢。"

"这么说，连他也造起反来了？我们真够可怜的，阿文迪奥。"

"这跟我们有什么相干，比亚妈妈！我们既无所得也无所失。再给我来一分升，您就装成不知道就行了，反正加马略尔已经睡着了。"

"可你别忘了请雷夫霍替我求求上帝，我是多么需要她这样做！"

"您别着急，我一回去就告诉她。我甚至可以要她做出口头保证，好使您不再担忧。"

"对，你就该这么办。你是知道女人的脾气的，所以，一定要让她们马上将事情办成。"

阿文迪奥·马丁内斯又在柜台上放了二十分钱。

"再来一夸尔莘约[1]吧，比亚妈妈。您要是愿意多给一点儿，那是您的事了。只有一点我向您保证，这酒我一定带回去喝，在我死去的妻子库卡的身边喝。"

"那你就走吧，在我儿子醒来之前就走。他每次喝醉

1　液体计量单位，约合 504 ml。

后早上醒来就发脾气。你快走吧，别忘了我托你女人办的那件事。"

他打着喷嚏走出店门。这酒浓烈似火，由于人们对他说过，这样喝酒劲上来得更快，他便一口接一口地喝着，边喝边用衣襟往嘴里扇着风。喝完酒，他便立即回家，家里雷夫霍在等待着他。可是，他走错了路，朝相反的方向走去，就这样他走出了村庄。

"达米亚娜！"佩德罗·巴拉莫嚷道，"你过来看看，从那条路上来的这个人想干什么。"

阿文迪奥跌跌撞撞地往前走着。他低着脑袋，有时四肢着地，在地上爬行。他感到大地在摇晃，在他周围旋转，然后又将他抛开。他奔过去试图抓住大地。当他已将大地抓在自己手里时，它又从他手中溜走了。就这样他一直走到坐在门边的一位老爷的面前。于是，他站住了：

"行行好，请施舍点钱，好埋我女人。"

达米亚娜·希斯内罗斯祈祷着："上帝啊，把我们从邪恶的敌人设置的圈套中解救出来吧。"她一边画着十字，一边用手指着来人。

阿文迪奥·马丁内斯看到那个眼神惊惶的女人在他面前画着十字，不禁不寒而栗。他想，也许是魔鬼跟随他到这里来了。他回过头来，想看看身后也许真有恶鬼，但什么也没有见到。于是，他又说：

"我是来求你帮点儿忙，好埋葬我女人的。"

太阳照到了他的脊背。这是初升的太阳，几乎是冷冰冰的，它被地上的尘土遮得变了形。

佩德罗·巴拉莫把脸埋在被子里，像是在躲避着阳光。这时，达米亚娜的呼喊声越过田野，一声紧似一声："有人要杀堂佩德罗！"

阿文迪奥·马丁内斯听到那个女人在呼叫，他不知道该做些什么才能制止她叫喊。他梳理不清自己的思绪。他觉得这阵阵叫喊声传得很远。甚至他的女人现在也听到这种声音呢，因为他感到耳边有人在说话，尽管他听不懂在说些什么。他想到自己的妻子冷清清地躺在院子里的那张帆布床上，他将她搬到院子里的目的是让她镇静下来，而不会很快地腐烂。库卡昨天还跟他睡在一起，像一匹小马驹似的活蹦乱跳，她和他嬉闹，又是咬他，又是拿自己的鼻子去蹭他的鼻子。是她给他生了一个尚未呱呱坠地就已去世的儿子，据说这是因为她不会生育的缘故。她有眼病，身上发寒，还有胃灼热，谁也说不清他女人身上有多少病，这是她临终时医生给她看病时说的。为了请医生来家里出诊，他不得不卖掉家里几头驴子，因为医生要的出诊费很高。结果还是毫无用处……库卡现在躺在那里，紧闭着眼睛，遭受着潮气的浸淋。她已见不到黎明，见不到今天的阳光，也见不到任何一天的阳光了。

"帮点儿忙吧，"他说，"给我一点儿吧。"

然而，连他自己也没有听到自己说的话，那女人的呼叫声使他两耳失聪了。

在科马拉那边的路上有几个黑点在移动，突然这几个黑点变成了人，接着又到了他身边。达米亚娜已停止了叫喊，画着十字的手放了下来。这时她已躺卧在地，张着嘴巴像是在打哈欠。

来到他身边的那几个人将他从地上扶起，送进屋里。

"您没有什么事吧，老爷？"他们问道。

出现的是佩德罗·巴拉莫的面孔，他只是摇了摇头。

阿文迪奥手里还拿着一把鲜血淋淋的刀子，来人把刀子夺下。

"跟我们走吧，"他们对他说，"你可闯下大祸了。"

阿文迪奥跟他们走了。

进村庄之前，他得到他们的允许，走到路边，口中吐出了像胆汁一样的黄色的东西。他像喝进去十来升水一样哗哗地往外吐着。这时他开始感到头部发烧，舌头也僵硬了。

"我喝醉了。"他说。

他回到了人们等待他的那个地方，两手扶在来人的肩膀上，那些人便将他拖着走，他的脚尖在地上扒开了一条沟。

留在身后的佩德罗·巴拉莫仍然坐在他那把皮椅上，看着上面说的那一行人朝村庄走去。他觉得他的左手在他想站起身来的时候死去了，垂落在膝盖上。然而，他没有理会这件事，因为他已习惯于每天见到身上的某一部分死去。他见到天堂在摇晃，掉下了许多叶片："人人都选了同一条路，大家都走了。"接着，他又回想起原来想的那个问题。

"苏萨娜，"他叫了一声，继而又闭上了眼睛，"我曾要求你回来……

"……那时世间有个硕大的月亮。我看着你，看坏了眼睛。月光渗进你的脸庞，我一直看着这张脸，百看不厌，这是你的脸。它很柔和，柔过月色；你的嘴唇宛如被褶饰装饰着，十分湿润，星光把它照得色彩斑斓；你的身躯在黑夜之水中透明得发光。苏萨娜呀，苏萨娜·圣胡安。"

他想举起手来，让形象更清楚些，可手像石制的一样搁在腿上，已难以动弹。他想举起另一只手，它也缓慢地垂落到一边，一直垂到地上，像一根拐杖一样支撑着他那已经没有骨骼的肩膀。

"这就是我的死。"他说。

太阳将万物照得一片混沌，然后又使它们恢复了原状。已成废墟的大地空荡荡地展现在他面前。他浑身发热，双目几乎不能转动；往事一幕一幕地在他面前闪过，而现实却一片模糊。突然，他的心脏停止了跳动，好像时间和生命之气也停滞了。

只要不再过一个夜晚就好了。他想。

因为他害怕黑暗中处处有幽灵的夜晚，他害怕将他自己和幽灵关在一起。他怕的就是这件事。

"我知道，几个小时后阿文迪奥会带着他那双血淋淋的手，再来请求我给他我曾经拒绝过的救济。我再也没有手可以捂住双眼，免得看见他。我还得听他说话，一直要听到他的声音随着白天的过去而消逝，一直听到他的声音消失。"

他觉得有几只手在拍他的肩膀，就直起身子，身躯变僵硬了。

"是我，堂佩德罗，"达米亚娜说，"要不要给您送午饭来？"

佩德罗·巴拉莫回答说：

"我上那儿去，我这就去。"

他靠在达米亚娜·希斯内罗斯的肩上企图朝前走，走了没几步就跌倒了。他心里在祈求着，但连一个字也没有说出口来。他重重地跌倒在地，身子像一座石山一样慢慢崩塌了。

译后记

屠孟超

　　胡安·鲁尔福（1917—1986）是墨西哥当代著名作家，生于哈利斯科州一个叫萨尤拉的村镇里。他七岁丧父，不久，母亲也去世，他不得不进入法国修女主办的瓜达拉哈拉孤儿院。鲁尔福没有正式受过高等教育，只是在墨西哥内政部移民局供职时，去大学旁听过文学课程。在这期间，他乘职务之便，跑遍了全国各地，同时，还大量地阅读了国内外的文学名著。

　　他1942年写了第一部短篇小说集《生命本身并非那么严肃》（1945年发表在《美洲》杂志上），1945年又在他本人和墨西哥著名小说家何塞·阿雷奥拉主编的《面包》

杂志上发表了《我们分到了地》和《马卡里奥》这两篇短篇小说。之后，他又发表了一系列反映自己故乡情景的短篇小说。1953年这些小说编成一个集子，取名为《燃烧的原野》。作者以其深刻而有现实意义的题材、别具一格的写作方法引起了评论界的关注。两年后，即1955年，中篇小说《佩德罗·巴拉莫》出版。这部迄今仍被认为是"拉丁美洲文学的巅峰小说之一"的作品甫一问世，即引起墨西哥国内外文坛的广泛注意，很快被译成多种文字，在世界各国广为流传。作者因此被誉为"拉丁美洲新小说的先驱"，1970年获墨西哥国家文学奖，1983年获西班牙阿斯图利亚斯王子文学奖。

《佩德罗·巴拉莫》出版后，胡安·鲁尔福基本上没有再发表什么新作。1962年起，他在墨西哥国立印第安研究所出版部工作，1986年1月病逝于墨西哥城。

鲁尔福的短篇小说主要描述墨西哥的农村面貌。国外有的评论家称他为农村题材的大师，也有人说，农村题材都给鲁尔福写尽了。这样说未免有些夸张，但鲁尔福的小说的确比较全面地反映了农村的面貌。《燃烧的原野》叙述一支因不堪残酷封建剥削而奋起反抗的农民起义军，由于缺乏明确的行动方向和正确的领导，孤军作战，在政府军的镇压下失败了。

鲁尔福的另一部分小说主要反映农村的阶级压迫和不公正的现象。这一类小说有《清晨》《科马德雷斯坡》等。《清晨》写一个名叫堂胡斯托·布朗毕拉的庄园主与他的外甥女乱伦，被清晨放牧回来的老牧工埃斯特万老汉无意发现。胡斯托恼羞成怒，毒打埃斯特万，自己却失足跌死了。老牧工不但挨了打，还被诬告杀死主人而惨遭冤狱。

鲁尔福还有一类小说写农村的贫困、落后和农民的愚昧。和其他拉丁美洲国家一样，与城市相比，墨西哥的农村确实相当落后。在《安纳克莱托·莫罗内斯》里，鲁尔福用揶揄的手法，一针见血地揭示了被一群女信徒似疯若痴般地拥戴并请求册封为圣徒的那个名叫安纳克莱托的人，其实是个罪犯，是个乱伦的无赖、奸淫妇女的老手。

中篇小说《佩德罗·巴拉莫》是胡安·鲁尔福的代表作。与他的一些短篇小说相比，这部作品不仅立意更深，而且在艺术形式上也更富有新意。小说的情节很简单。主人公佩德罗·巴拉莫幼年时因家道中落，做过小工，当过学徒。长大后，靠巧取豪夺，不仅恢复了家业，而且一跃成为科马拉村的统治者，成为独霸一方的庄园主和酋长。他无恶不作。在他的欺诈下，村民们有的死了，不死的只好远走他乡，以逃脱他的淫威。科马拉成了荒无人烟的山村。妇女们谁也逃不了他的蹂躏，以致他的私生子多得连他本人也不认识了。

然而，佩德罗·巴拉莫这个土霸王也有不顺心的地方。爱子米盖尔·巴拉莫年方十七，便和父亲一样残害无辜，奸淫妇女。后来，米盖尔因马失前蹄毙命，这无疑给佩德罗·巴拉莫以重重的一击。接踵而来的是他的爱妻苏萨娜·圣胡安的去世。这是致命的一击，终于使这个不可一世的庄园主心力交瘁，萎靡不振，最后走向死亡。

《佩德罗·巴拉莫》的重要意义首先在于，作者成功地塑造了佩德罗这样一个庄园主的形象。他为人狡诈、残忍，为了发财致富，可以不择手段。他与自己最大的女债主多洛雷斯结婚，目的是想赖账，并侵吞她的财产。他并不爱她，婚后不久便抛弃了她，使她含恨死去。为了抢夺一个叫阿尔德莱德的人的土地，他竟派手下人将他活活勒死。对待墨西哥革命军的态度则集中地表现了佩德罗·巴拉莫的奸诈、阴险。当一支革命军来找他算账时，他心里虽对这一群拿起武器的穷人恨之入骨，表面上却不露声色。他先以酒饭款待他们，继而则对他们表示异常的"关怀、同情和支持"。他借给革命军提供财力、人力支援的机会，派自己的心腹率领数百人混入革命队伍，夺取领导权，以左右他所在这个地区的局势。他真的达到了目的。

佩德罗·巴拉莫的身上也不仅仅只有恨，他不只是"仇恨的化身"，他也有"爱"。为了替已经死去的儿子超度亡魂，他忍气吞声向一贯被他瞧不起的神父乞求。苏萨娜·圣胡安是他爱过的唯一的女人。他们原本是青梅竹马。长大后，她嫁给一个叫弗洛伦西奥的男子，不久便守了寡，和父亲生活在一起。父亲与她发生乱伦关系。为了得到心爱的女人，佩德罗·巴拉莫颇费了一番心血。他派人杀害了她的父亲，才将她弄到手。但这为时已晚，她已经疯了，不久便离开了人世。爱妻亡故后，他便万念俱灰，整天不吃不喝，坐在家门口，遥望妻子"去天堂的那条道路"，口中不停地念叨着她的名字，眼看着自己的躯体一部分一部分地死去。最后，"身子像一座石山一样慢慢崩塌了"。

佩德罗·巴拉莫这个形象虽然是粗线条式的，但是却很鲜明，颇具典型意义。

《佩德罗·巴拉莫》在艺术上的成就更为瞩目。这是一部完全用现代小说的手法写成的新小说，现代小说的各种表现方式在这部不足十万字的小说中几乎全都可以找到。概括地说，这部小说在技巧上有以下几个主要特点：

第一，摒弃了传统小说常见的由全知全能的作者（或借书中人的名义）来叙述故事的做法，代之以独白、对话、追叙、意识流、梦幻、暗示和隐喻等手法，使小说犹如由一块块看起来互不相关，实际上却有着内在联系的画面镶拼而成的画卷。这一个个由独白、对话等方式描绘成的貌似孤立的画面，有待读者发挥自己的想象力，将它们串联起来。想象力越丰富，这幅画的色彩就越斑斓，换言之，小说的内涵就越丰富。与此同时，书中人物的性格、特征会由人物自己的言行来表示，作者不做任何介绍，也不做评论，一切全由读者自己去做结论。因此，这种小说也叫"开放性小说"。

第二，突破了传统小说在叙述故事时的"时空观念"，将不同时间、不同地点发生的事件列入同一"画面"，就像超现实主义作家的画一样。用这种方法写成的作品，初读起来颇有困难，甚至会有堕入云里雾中之感。但如能细心阅读，认真思索，则别有一番风味。

第三，模糊了生死的界限。早在鲁尔福的一些短篇小说中，便已开始出现死人会说话的现象（例如在《北渡口》中的"我"，明明说是让人给打死了，却又在和父亲述说去北方的经过）。到了《佩德罗·巴拉莫》则完全人鬼不分了。这部小说中的众多人物几乎都是死人，但他们却同时又像活人一样进行对话、回忆，叙述往事。其实，鲁尔福的这种夸张、神奇、荒诞的写作方法古已有之，作为墨西哥的作家，更有古老的阿兹特克文化为依据。阿兹特克人认为，人死后，灵魂得不到宽恕，便难入天堂，只好在人世间游荡，成为冤魂。另外，墨西哥人对死亡和死人的看法也有别于其他民族。他们不害怕死人，每年都有死人节，让死人回到活着的亲人中来。鲁尔福正是利用墨西哥的这种传统观念和习惯，将小说中的科马拉写成荒无人烟、鬼魂昼行的山村。在那里，到处是冤魂，它们因得不到超度，或在呼叫，在喧闹；或在议论，在窃窃私语，发泄内心的痛苦、郁闷。归根到底，这也是一种象征性的手法，其意图是向人们表明，在佩德罗·巴拉莫这样的庄园主的欺诈下，民众非死即亡，幸存者为了活命，只好舍弃家园，逃奔他乡。

《佩德罗·巴拉莫》的问世被认为是墨西哥和拉美文坛上的一个重要事件，许多重要报刊都发表文章，给予了高度评价。